Juan García Ponce

Kurzerzählungen II

Ritual – Karyatiden – Bilder von Vanya

Aus dem mexikanischen Spanisch von Mathias Sasse

JUAN GARCÍA PONCE

KURZERZÄHLUNGEN II

Ritual – Karyatiden – Bilder von Vanya

Aus dem mexikanischen Spanisch von Mathias Sasse

Originaltitel der Kurzerzählungen:
Ritual – *Rito*
Karyatiden – *Cariátides*
Bilder von Vanya – *Imagenes de Vanya*
García Ponce, Juan: *Obras reunidas I: Cuentos.*
© Fondo de Cultura Económica, México 2003.

Impressum
1. Auflage
Copyright © 2018 Juan García Ponce
Rechte an der Übersetzung: © 2018 Mathias Sasse
www.matze-msh.eu
Coverbild: *Pájaro en cuerpo* © Sergio Astorga
Druck: CreateSpace, ein Unternehmen von Amazon.com
Printed in Germany
ISBN: 978-3-9819141-2-2

INHALT

RITUAL

„I ADORE MYSELF!" sagt sie mit kristallklarer Stimme und dem einwandfreien Akzent, welchen sie den englischen Nonnen verdankt, während sie die Arme über den Kopf hebt, wodurch man ihre Achselhöhlen sieht, und die beweglichen Finger ihrer langen Hände in die Luft streckt. Sie lächelt verzückt. Ihre blauen Augen funkeln heimtückisch, ohne ihre Unschuld zu verlieren. Sie ist so mit sich selbst zufrieden, dass ihr Gesichtsausdruck ganz entrückt ist, und trotzdem, auch wenn sie weiß, dass sie beobachtet wird, und obwohl sie seit Beginn ihrer strengen Erziehung die Bedeutung des sinnlichen Weges kennt, auf dem sie sich jetzt erlaubt zu gehen, bietet sie sich in einer großzügigen Loslösung und religiösen Geborgenheit an, in der sich durch ihre junge Gestalt die Verbindung zwischen Leib und Seele manifestiert, durch den sich vielleicht endlich auf Kosten des Fleisches der Geist zeigen kann, indem er sich seiner als des einzig möglichen Trägers bedient.

Es ist ein bekanntes Ritual. Liliana und Arturo hätten nicht genau festmachen können, wie sie dazu kamen. Es wurde ihnen offenbart, sie blendend und verwirrend; seine Offenbarung aber war nicht schlagartig, sondern vollzog sich schrittweise, als ob die Göttliche Fügung es nicht ihren Körpern hatte aufdrängen wollen, sondern ihre Körper durch seltene Emotionen, die sie zu der Entdeckung führten, ausnutzen wollte. Als Liliana Arturo kennenlernte, hatte sie ihre Ausbildung an einer katholischen Universität abgeschlossen und gerade festgestellt, dass sie unfähig sein würde, der religiösen Berufung zu folgen, auf der ihre Erzieherinnen bestanden, da jene sie für die unweigerlich Auserwählte hielten. Sie unterrichtete aber immer noch an ihrer alten Schule. Beide trafen sich auf einer Party, zu deren Teilnahme Liliana durch ihre Eltern gedrängt worden war. Seine Erziehung war weniger strikt als die ihre, konnte aber genauso wenig als frei von Ansprüchen gegenüber einem normalen Verhalten angesehen werden. Sie wurden ein Paar, heirateten mit der Zustimmung ihrer beider Familien und rückten Stück für Stück vor. Ohne sich von dem Gedanken, wohin das führen konnte, aufhalten zu lassen, rutschten einen Hang hinunter, über dessen Kenntnis ihre beiden Familien entsetzt gewesen wären, genauso wie viele ihrer Freunde und ganz allgemein alle, die vergessen haben, dass die Wege des Herrn unergründlich sind. Dennoch sträubten sich aber einige nicht, gelegentlich an dem Ritual teilzunehmen, das es erlaubte, auf eine ganz sensible Art zum Objekt des Kultes vorzudringen, weshalb es immer auch geeignete Mittäter unter den Durchreisenden und den flüchtigen Bekannten gab, die sich augenblicklich in Eingeweihte verwandelten.

Nun, mit der freudvollen Sicherheit desjenigen, der weiß, was passieren wird und zulässt, dass das Wissen seine Freude noch steigert, ohne sich sicher sein zu können, welche Form dies noch annehmen wird, nach einigen Drinks und, nachdem sie mit einem jener Durchreisenden zu Abend gegessen hatten, befinden sie sich wieder im Wohnzimmer, und Liliana - so unaufdringlich, fast schüchtern, und so rein und unschuldig sie noch einige Jahre zuvor war, ohne im Gegensatz dazu rein und unschuldig zu wirken -, ihre Rolle mit Demut und Gehorsamkeitsgefühl darstellend, verpasst keine Gelegenheit, dem Gast ihr Bedürfnis, ihre Notwendigkeit oder sogar ihren Willen zu zeigen, ihn zu verführen, zumal offenbar mit der Zustimmung von Arturo. Niemand sollte die Art vorhersagen, wie man, sich des Verstandes bedienend, um zu einem höheren Ziel zu gelangen, den Ausdruck der Liebe annehmen würde.

Mit den Armen an beiden Seiten ihres Kopfes, wandern die unergründlichen Hände von Liliana, die sich so oft vor ihrer Brust in einer andächtigen Geste mit dem Gefühl, die

Göttlichkeit nach dem Empfang der Kommunion in sich zu tragen, verschlungen hatten, hinab, um das schwarze Haar zu sammeln, welches sie mit einem Haarband im Nacken zusammengebunden hatte und das nun, offen und leuchtend, seine Reflexe vervielfachend, über ihren nackten Rücken hinunterfällt. Sie wickelt ihr Haar in einen groben und lockeren Zopf, lockert das Haarband und dreht das Ende des Zopfes oben auf ihrem Kopf zusammen. Das fast göttliche aber trotz alledem menschlich perfekte Oval ihres Antlitzes wird dadurch noch deutlicher sichtbar. Weil es in der Welt ist, kann die Betrachtung zum Verlassen der Welt führen, zum Vergessen aller kleinlichen Regeln und Forderungen, mit denen eine fiktive Ordnung aufrecht erhalten werden soll, in der nur der egoistische, aber flüchtige Wille, sich selbst zu bewahren, bekräftigt wird. Stattdessen ist Lilianas Antlitz das gleiche geblieben, unberührt von ihrem Verhalten, das alle, die an ihrer Hochzeit teilnahmen, bewundert hatten, wie sie, in Weiß gekleidet und schon vorher durch die nahende Opferung ihrer Person zu Arturo erhaben, von ihrem Vater durch das Kirchenschiff zum Altar geführt worden war, wo ihr zukünftiger Ehemann sie erwartet hatte. Der Hals hebt das Gesicht über ihre feinen Schultern, deren Zeichnung sichtbar werden, als sie ihre Arme herabsinken lässt. Sie lehnt sich zurück, den Kopf auf den Rücken des Sessels gestützt, schließt ihre Augen und lässt die Hände auf den Oberschenkeln ruhen. Sie trägt ein langes, rotes Wollkleid, das ihren Hals umschlingt und ihre Schultern, Arme und ihren endlosen Rücken frei lässt. Sie trägt Sandalen. Mit einem Seufzer, so, als ob sie es plötzlich leid wäre, sich in ihrer eigenen Schönheit zu halten, mit der ihr jemand aufgetragen hat zu dienen und sich bedienen zu lassen, und die der Gast, zusammen mit Arturo, nicht aufgehört hat zu bewundern, seit er in das Haus gekommen ist, streckt sie ihre Beine nach vorne aus, hebt ihre Füße vom Boden und betrachtet sie, umsäumt von den Sandalen, die ihre makellose Perfektion betonen. Arturo hatte diese Geste bei ihr bereits gesehen, als sie noch verlobt waren, und sie war wie ein erstes Zeichen, welches sie selber nicht kannten, auf die Forderung, die ihnen später auferlegt werden sollte, um sie zu Dienern der geheimen Göttlichkeit zu machen, deren Gestalt sich in der Figur von Liliana darstellt.

In der Zwischenzeit hat sie ihre Füße wieder auf den Boden gestellt. Ihr Verhalten, ihre Blicke, ihr Lächeln sind wie ein Wasserfall, durch den sie über sich selbst herabsteigt, wieder in die Höhe zurückkehrt und erneut herabstürzt. Sie hat ihre Rolle gefunden, die sie liebt, sie repräsentiert sie, und die Liebe zu ihr ist nichts anderes als die Rolle, die sie darstellt, obwohl sie in dem langsamen Lernen, welches sie mit Arturo durchgemacht hat und in dem die Überraschung ihren eigenen Empfindungen gegenüber niemals aufgehört hat, die Forderung nach Perfektion sich immer auferlegt hat. Durch diese Rolle offenbart Liliana eine andere Liliana, eine, die sie selbst nicht beherrschen kann und daher an Arturo abgibt, auf die gleiche Art, wie sie ihm ihre hingebungsvolle Überraschung und die blendende Möglichkeit, die diese Hingabe eröffnete, wenn sie miteinander schliefen, gegeben hatte, und seither konnte sie sich nie wieder der Verpflichtung, die sie sich selber auferlegt hatte, widersetzen, immer etwas Neues zu sein, das sie Arturo übergeben sollte.

Fast direkt vor ihr, betrachtet Arturo sie von seinem Sessel aus, unmittelbar und unantastbar zugleich, wie jedes Bild, bewundert für das, was das Bild bei dieser Gelegenheit und in der Erwartung zeigt. Auch er erkennt sich selbst in seinem Vergnügen über ihr Benehmen. Wie alles neue Wissen, das aus einem unerklärlichen Ursprung für die Regeln der Vernunft zu uns kommt, hatte ihn dieses Wissen gestört, als Lilianas Verhalten es ihm erlaubte, es zu kennen, ohne zu wissen, wie man sich ihm widersetzen sollte, da es, bei so viel Wissen, ihn auch bereicherte, bis die Liebe beider die widersprüchliche Konstellation schuf, die sie bilden. Arturo weiß bereits, dass man Liliana nur betrachten und auf das Wunder warten muss, in dem alles durch die Verleugnung desselben bestätigt wird. Sie ist immer die Gleiche, da sie sich entschieden hat, niemand zu sein, sondern nur diejenige, in die man sie verwandelt. Der Unterschied liegt in der unvorhersehbaren Vielfalt der Erscheinungsformen innerhalb einer Wiederholung, die immer zum erwarteten Ende führt. Auch der Gast schaut auf Liliana. Sein Vertrauen erlaubt es davon auszugehen, dass man den Richtigen ausgewählt hat. Er wird nicht zögern, dem Ruf zu gehorchen. Lilianas Augen sind von Arturos zu denen des Gastes gewandert, ohne dass ihre Blicke sich mehr als einen Moment lang treffen. Die Flüchtigkeit, in der ihre scheue Natur bestätigt wird, schafft die Sprache, die zu Liliana gehört.

Danach beugt sie sich hinab zu ihren Füßen. Die Linie der Wirbelsäule zeichnet sich kaum in der aufreizenden Haut des gebeugten Rückens ab. Das zusammengefasste Haar in dem groben Zopf lässt ihren Nacken sichtbar werden. Die Hände wandern nach unten, schnallen die Sandalen auf und geben die Füße frei. Bedeckt nur mit dem roten Kleid, ist sie ansonsten nackt. Seit sie anfing, die geheimen Mittel der Rolle, die sie repräsentieren könnte, zu entdecken, ist sie immer nackt. Die äußerliche Ablehnung ihrer eigenen Integrität hat denselben Charakter wie ihre innere Reinheit. Liliana und Arturo kamen gemeinsam zu diesem Abkommen. Jetzt lassen sich unter der roten Wolle ihre Brüste erahnen, vollendet in dem offensichtlichen Aufruf der Brustwarzen. Jenseits der Achselhöhle lässt das Kleid, das ihre ganze Seite enthüllt, auch den Ansatz der festen

Kurven der Brüste erahnen. Es verbirgt nicht: es offenbart.

Und Liliana hebt den Rock bis über ihre Knie an, hebt ihre Füße bis auf den Sitz des Sessels, und die hochgezogenen Knie lassen den Rock über ihre Oberschenkel herabgleiten.

„Was machen wir nun?" fragt sie mit der gleichen kristallklaren Stimme.

Aber sie spricht niemanden direkt an. Ihre Stimme ist nicht von ihrem Körper gewichen; es ist nur ihr Körper, mit dem sie spricht. Sie hat ihn nur, um fasziniert zu sein und zu bezaubern. Sie steht auf, seufzt wieder auf und hebt die Arme, um angeblich ihre Frisur in Ordnung zu bringen. Sie ist schlank und groß, barfuß und rot gekleidet. Arturos Erinnerung reist zurück, was ihn dazu führt, das plötzliche Vergnügen wieder herzustellen, das er empfand, als er sah, wie Liliana die gleiche Geste an einem Strand machte, als es offensichtlich war, dass ein Fremder sie lange Zeit mit Bewunderung beobachtete. Damals war Liliana noch nicht ganz in die Genesung ihrer selbst durch ihre eigene Verleugnung eingetreten und konnte sich ihm daher noch nicht offenbaren. Wahrscheinlich war es Arturos anhaltende Faszination, die die Ereignisse auslöste; aber das Wichtigste ist, dass Liliana jetzt Liliana ist, die gleiche, die er mit einer fast ungläubigen Verblendung wegen ihrer Schönheit im Haus einiger gemeinsamer Freunde sah, ohne sie bisher zu kennen, und die beide gemeinsam entdeckt und aufgebaut haben. Die Vertiefung ihrer Achselhöhlen, die Brüste, die sich aufgrund der Bewegung ihrer Arme unter der roten Wolle gehoben haben, der Oberkörper, der zur zerbrechlichen Taille führt, die Hüften und die langen Beine wie die eines Teenagers, die durch den geraden Rock verborgen bleiben, und die Füße, nackt wie die Arme, deren Hände mit den langen Fingern so tun, als ob sie sich mit dem Zopf beschäftigen, der nun die Spiegelung ihrer dunklen Haare in der schlichten Frisur beendet, welche die strenge Jugend und Perfektion ihrer Gesichtszüge umrahmt, definieren sie als einen reinen Widerspruch.

Wenn sie läuft, sind ihre Schritte ein Motiv, um die Sinnlichkeit ihrer Unschuld zu zeigen und sie schuldig zu machen. Sie stellt sich hinter den Sessel, auf dem Arturo sitzt, und beugt sich zu ihm, legt ihr Gesicht neben das seine, ihre Arme über seine Schultern und streckt ihre Hände über Arturos Brust aus.

„Du liebst mich nicht mehr", sagt sie, genau so, wie, als er sie an seine Seite zurückkehren sah, nachdem sie, bei ihrer alten Ernsthaftigkeit auf eine ganz skandalöse und unerwartete Weise mit einem seiner engsten Freunde, der mit der Zeit aufhören musste, eben dies zu sein, getanzt hatte.

Arturo lacht, wie Liliana es von ihm erwarten konnte.

„Du bist betrunken. Dieser Vorwurf ist das eindeutige Zeichen", antwortet er und gibt ihr einen Kuss auf die Wange, obwohl er im Gegensatz zum Gast auch weiß, dass dieser Vorwurf das Zeichen für den Beginn von etwas anderem ist.

„Vielleicht. Ich muss betrunken sein. Aber es ist auch wahr, dass du mich nicht mehr liebst. Ich lege eine Platte auf," beharrt Liliana, als ob ihre letzte Entscheidung durch den Groll motiviert wäre, der durch die Veränderung von Arturos Gefühlen hervorgerufen wird.

Der Gast scheint einer unerwarteten Bestätigung sehr nahe zu sein, die die gekünstelte Entwicklung all dessen rechtfertigen würde, was seit seiner Ankunft geschehen ist. Als Liliana, auf dem Weg zum Plattenspieler, der sich im Nebenraum befindet, hinter ihm vorbei geht, so elegant und vornehm, so sicher in ihrer Rolle als Besitzerin des Hauses zu Beginn des Treffens und während des Abendessens, so weit weg von der unmittelbaren Bestätigung ihrer Schönheit für jeden, der sie betrachtet, streichelt sie

14

leicht durch sein Haar. Ihre Finger, die den Kopf des Gastes berühren, als ob sie selbstständig handeln würden, haben im Nacken nur einen kurzen Moment lang innegehalten. Der Gast hatte den Kopf nach hinten geworfen und sich dann umgedreht, um Liliana anzusehen; aber sie steht nicht mehr hinter seinem Rücken. Arturo, der alle ihre Handlungen genau verfolgt, bemerkt diese Geste. Bevor sie den Raum verlässt und den Gast ignoriert, der nach ihr sucht, lächelt Liliana zufrieden zu Arturo herüber, ironisch und mitschuldig, vielleicht auch grausam in der perfekten Sicherheit ihres Verhaltens. In dem stahlblauen Licht ihrer Augen herrscht eine unergründliche Bosheit.

Diese Augen haben sich nie verändert. Es waren die gleichen, als sie eine schüchterne Bescheidenheit zum Ausdruck brachten, wie jetzt, wenn sie nicht aufhören können, den inakzeptablen Zweck von Lilianas Handeln zu unterstreichen. So wie das schwarze Haar das Oval ihres alterslosen Gesichts umrahmt, in dem die Zärtlichkeit oder die Grausamkeit den gleichen Ursprung haben, bekräftigen die Augen ihre Bereitschaft, jede Verantwortung für ihre Bosheit und Unschuld aufzugeben.

Der Klang der Musik erreicht den Raum. Der Gast und Arturo warten auf Liliana, ohne zu sprechen. Alles, was sie tun können, ist, auf sie zu warten. Als sie den Raum wieder betritt, schaltet Liliana das Licht des von der Decke hängenden Kronleuchters aus. Neben der konservativen Gediegenheit der Möbel im Raum ist die Art der Musik, die Liliana gewählt hat, um das mehr oder weniger formale Treffen zu begleiten, willkürlich. Aber jetzt ist alles willkürlich. Die ausgezeichnete Art von Liliana, sich zu bewegen, hat sich nicht verändert; allerdings wird sie von dem Klang umhüllt, der vom Plattenspieler kommt und tarnt sich darin selbst. Man kann nicht sicher sein, ob ihre Augen blau oder grau sind, ob ihr Blick ernst oder lächelnd ist. Und auch nicht, wer sie ist, mit ihrer hohen Stirn, der perfekten Zeichnung der Augenbrauen, der geraden Nase und der dünnen Lippen, auf denen ein leichtes Lächeln Grübchen in ihren Wangen erscheinen lässt, als sie vor dem Gast steht, ihren Arm zu ihm ausstreckt und ihre lange Hand, an deren Ringfinger ihr Ehering zu erkennen ist, mit der Handfläche nach oben dreht.

„Lass uns tanzen", sagt sie zu dem Gast, ohne weiter zu lächeln.

Der Gast dreht sich einen Moment zur Seite, um Arturo anzusehen; aber jener vermeidet die Begegnung mit seinem Blick. Die Entscheidungen liegen bei Liliana. Der Gast steht auf. Nachdem die ersten Getränke serviert waren, hatte Liliana den Hausmädchen befohlen zu gehen. Die drei Gestalten können sich auf die absolute Intimität des Raumes im Halbdunkel verlassen, aber das Erscheinungsbild des einsamen Paares zwischen den Möbeln kann nicht anders als unangemessen angesehen werden. Liliana tanzt mit geschlossenen Augen, verloren in sich selbst und in ihren eigenen Empfindungen, ohne auf ihre distanzierte Eleganz zu verzichten, indem sie dem markanten, umhüllenden Rhythmus der Musik folgt. Sehr aufrecht, ruht ihr Gesicht zunächst an dem des Gastes und flüchtet sich dann fast in seinen Nacken. Liliana, die sich selbst verehrt, muss angebetet werden; aber mit ihrem extravaganten Charakter ist die Szene so unvereinbar, dass man sie nicht anders als eine reine Darbietung betrachten kann. Und in der Tat, Liliana vertritt, übernimmt die Rolle einer Liliana, deren Verhalten nicht auf das reagiert, was von ihr erwartet werden kann; aber als Repräsentantin kann sie nicht mehr tun als sich darzustellen. Alles ist Provokation. Von der Zurschaustellung geht sie über zur Darbietung und gibt sich der Ernsthaftigkeit ihres Spiels hin, das am Anfang von Humor und Ironie gespeist wurde. Diese Präsentation hat jedoch den Weg geöffnet: Jetzt ist alles erlaubt. Der Gast verbirgt sein Begehren nach Liliana nicht mehr, und sie kann so tun, als bliebe ihr keine andere Wahl außer seine Annäherungsversuche zu akzeptieren, während ihr Mann, der Herr im Hause, sie ansieht, ohne sich von seinem Sessel zu erheben. Der Raum, den das Paar und Arturos Blick schaffen, existiert nirgendwo: Er ist Teil eines verbotenen Traums und ermöglicht gleichzeitig die Verwirklichung dieses Traums. Aber seine wahre Bedeutung kann nicht entziffert werden. Wie alle Träume kann er nur als ein Ereignis betrachtet werden. Niemand kann ihn von außen sehen. Um zu existieren, zählt nichts anderes als seine Protagonisten, und deren Handlungen verleugnen ihn als das, was sie außerhalb des Traumes darstellen sollen.

Der rechte Arm des Gastes schmiegt Liliana an seine Brust und seine Hand streicht eifrig und wie zufällig über die nackte Haut ihres Rückens. Die linke Hand bedeckt Lilianas rechte Seite und schafft es oft, dass der Handrücken ihre Brustwarze berührt, die immer mehr unter dem Kleid markiert ist. Es gab eine Zeit, in der Liliana nicht einmal in der Lage gewesen wäre, sich vorzustellen, dass etwas von dem, was jetzt geschieht, möglich gewesen wäre. Und doch liegt ihr Vergnügen und die Bestätigung ihrer selbst durch jenes jetzt darin, diesen Wunsch zu wecken, der eines Tages unter der Mittäterschaft von Arturo als Geheimnisträger auch der Huldigung diente, die in diesem Wunsch enthalten ist - jener Wunsch, den sie als die unentbehrliche Nahrung ihrer Liebe entdeckte. Eine Liebe, die beiden gehört, durch die Faszination und das Verlangen anderer, derjenigen nämlich, die außerhalb dieser Liebe sich befinden und Liliana nur aus ihrer Unabhängigkeit heraus sehen können, indem sie Liliana durch die Kraft ihrer Handlungen verwandeln. So bietet sie sich aus einer vermeintlichen Verantwortungslosigkeit allem gegenüber, was passieren wird, weiterhin an, als ob die vermeintlich wehrlose Art ihrer Haltung sie zum Nachgeben zwingt, und es genügen würde, sie besitzen zu wollen, um sich ihr zu nähern. Aber sowohl Arturo, der sie beide ansieht, und Liliana, die seine Empfindungen erkennt, diese Empfindungen, die sie beim Erwachen in anderen erregen und an denen Arturo durch seinen Blick teilnimmt - beide wissen, dass Verlangen nicht beherrschbar ist, und dass, da es austauschbar ist, seine Ströme immer ihr Ziel finden. Die Finger von Liliana haben nicht aufgehört, den Nacken des Gastes zu streicheln. Im Halbdunkel ist das Lied kurz vor dem Ende. Arturo, Herr über seine richtigen und präzisen Gesten, steht auf. Als er direkt an dem Paar vorbeikommet, das völlig unangebracht in der Mitte des Raumes tanzt, nimmt Liliana ihre Hand mit den langen, kaum gebeugten Fingern vom Hals des Gastes und streckt sie, mit dem Handrücken nach oben, zu Arturo aus. Die absolute Vornehmheit von Lilianas Hand. Diese Hand hat sie immer als Zeichen dessen begleitet, was sie nicht aufhören kann zu sein. Arturo küsst diese Hand.

„Wo gehst du hin?", fragt Liliana, ohne den Tanz zu unterbrechen.

„Ich hole mir einen Drink", antwortet Arturo.

„Mach uns auch einen", bittet Liliana.

Der Gast scheint dieses kurze Gespräch nicht gehört und auch nicht die Geste bemerkt zu haben, die Liliana hinter seinem Rücken gemacht hatte. Vielleicht war Arturo für ihn während seines Tanzes nicht mehr existent, vielleicht ist auch diese Vortäuschung unverzichtbar. Die maximale Aufmerksamkeit erfordert eine sorgfältige Verstellung: Schauspieler schauen nie auf das Publikum, das sie betrachtet, oder sie schaffen es immer, ihren Blick unbemerkt zu lassen. Die Worte, die zwischen Liliana und Arturo aus dem tiefen Wissen um sich selbst heraus gewechselt wurden, schweben ohne Ziel, als ob die leichte Natürlichkeit, mit der sie gesagt und gehört werden, unpassend ist, während das Geschehen für jeden, der nicht Teil dieses Geschehens ist, diese Worte von jedem Sinn befreit. Die durchgeführte Zeremonie scheint das Schweigen auferlegt zu haben und fest in den verschiedensten Momenten als ein einziges lebendiges Bild fixiert zu sein, dessen Kontinuität nur durch das Vergessen jedes einzelnen der unmittelbar vorangegangenen Momente möglich ist, wodurch sogar die Musik überflüssig zu sein scheint.

Als Arturo jedoch nach dem Servieren der Drinks zurückkehrt, hat Liliana ihre Arme wieder um den Hals des Gastes gelegt und dieser seine Hände auf ihrem Rücken. Die Vereinigung ihrer Körper in dieser engen Umarmung schließt Arturo von der Szene aus. Er weiß bereits, dass er nicht einmal sicher sein kann, ob Liliana ihn in diesem Moment im Bewusstsein hat; aber er setzt sich wieder hin, und als er an seinem Drink nippt, kann er sehen, wie Lilianas Körper, in ihr rotes Kleid gehüllt, sich an den Körper des Gastes schmiegt, während dessen Hände ihren Rücken streicheln und mit seinen Handflächen die stille Antwort dieser zarten, sensiblen und unerschöpflichen Haut empfangen. Liliana ist die Offenbarung der Schönheit als bloße Erscheinung, mit keinem anderen Charakter als dem, den jede ihrer Gesten zeigt. Arturo beobachtet den angespannten und konzentrierten Ausdruck ihres Gesichts, ihren halb geöffneten Mund am Hals ihres Partners, während ihre Augen geschlossen bleiben und die Augenlider den Schleier halten, der sie in sich selbst isoliert und sie als reine Äußerlichkeit erscheinen lässt.

Der Gast hat seine Rolle angenommen und sucht bei Arturo keine Bestätigung mehr, jenseits aller Verhaltensregeln. Er hat seine eigene Identität aufgelöst in der Faszination, und schon vergessen, dass er zum ersten Mal in diesem Hause empfangen wird und ihm Liliana und Arturo noch vor wenigen Wochen völlig unbekannt waren; er achtet nur noch auf das Vergnügen, das Liliana bereit zu sein scheint, ihm uneingeschränkt zu bereiten. Es ist etwas unerwartet, aber die ihm eigene Intensität macht jede Fähigkeit der Beurteilung zunichte. Die Realität dieses Versprechens drängt sich auf, ohne nach einer Berechtigung zu fragen. Arturo schaut auf den langen nackten Rücken, auf dem die Hände des Gastes sich nicht ausreichend ausstrecken, er bemerkt die Freude, mit der Liliana die Erregung empfängt, die sie in ihrem Partner geweckt hat, und kann nicht aufhören, noch einmal für einen kurzen Moment darüber nachzudenken, was seine Rolle ist, wenn es denn eine andere ist als diejenige, die er jetzt eingenommen hat, die ihm natürlich Liliana gegenüber zukommt; aber nichts ist natürlich, wenn er, ohne vorzugeben, seine widersprüchlichen Emotionen zu verhindern, sehen kann, dass der Gast auch nicht mehr derselbe ist, sobald er ohne Aufforderung seine eigene Rolle in dem Ritual annimmt, obwohl es in der Tat ein Ritual ist. Arturo könnte nicht benennen, wie sich die Form des Rituals gebildet hat, wenn die Freiheit des Begehrens, die er in der Gestalt des anderen verkörpert, diese Form immer unberechenbar macht, und nur Lilianas Verfügbarkeit unveränderlich bleibt. Er kann sie nicht für diese Verfügbarkeit verantwortlich machen, und er weiß, dass er ihr auch nicht die Schuld geben kann. Es gibt keine Unschuldigen und keine Täter. Liliana ist nicht mehr die gleiche wie zu Beginn ihrer Beziehung, und doch hat sie nie aufgehört, die gleiche zu sein, denn all die Möglichkeiten und Widersprüche, die sie gemeinsam entdeckt haben, während ihr skandalöses Verhalten ihre Schönheit immer reiner machte, befanden sich von Beginn an in ihr, so wie auch er akzeptieren muss, dass er trotz all der abscheulichen Bezeichnungen, die auf seine Person angewandt werden könnten, Liliana nur so mag, wie er jetzt weiß, dass sie ist. Beide wissen jetzt, dass sie nur dann ein Paar sind, das seine authentische Möglichkeit der Vereinigung findet, wenn sie die Prinzipien leugnen, die sie als Paar definieren.

Die Musik ist zu Ende. Liliana löst sich aus der Umarmung des Gastes, als ob sie jetzt, da die Musik schweigt, ihn gänzlich vergessen hätte, indem sie ihn links liegen lässt und ihn damit einem Feld übergibt, in welchem er nicht wissen kann, wie er es betreten konnte. Der Gast steht jedoch nach wie vor noch vor ihr. Liliana seufzt, hebt die Arme, um angeblich ihre Frisur zu richten, groß, jung, schlank, beunruhigend in ihrer Unabhängigkeit allem gegenüber, sogar dem Raum, in dem sie sich befindet, und lächelt Arturo an. Dann lässt sie die Arme fallen, geht und setzt sich auf Arturos Beine und legt ihren Kopf auf seine Schulter.

„Du bist nicht wütend, oder?" flüstert sie ihm ins Ohr.

„Sollte ich das sein?" fragt Arturo zurück.

„Ich weiß nicht; vielleicht solltest du. Er gefällt mir sehr gut", fügt Liliana noch hinzu.

Der Gast hat sich auch wieder gesetzt. Liliana nimmt ihr Glas, trinkt und sieht den Gast an, der nicht aufgehört hat, sie zu beobachten. Es ist unmöglich, die Bühne und die Szene zu definieren. Sie befinden sich an keinem Ort mehr. Das Wohnzimmer von Liliana und Arturos Haus ist nicht mehr das Wohnzimmer. Die drei Statisten sind nichts weiter als das: Statisten, die ungeachtet der Intensität des Geschehens ihrer gewohnten Identität, die es ihnen erlaubt, sich mit der Welt, in der sie sich normaler Weise bewegen, zu identifizieren, beraubt werden, und ihnen eine andere strahlende Realität gibt, die nur zu diesem Moment passt.

In Rot gekleidet, auf Arturos Beinen sitzend, zerbrechlich und schutzbedürftig, mit schwarzen Haaren, blauen Augen und dünnen Lippen, schaut Liliana den Gast an, als wolle sie sich plötzlich von seiner Macht befreien; aber dann lächelt sie zwischen arglistig und träumerisch und bittet ihn, eine weitere Platte aufzulegen. Der Gast verlässt den Raum. Liliana erhebt sich von Arturos Beinen und setzt sich auf das türkische Bett, das sich in einer der Ecken des überladenen Raumes befindet. Auf dem kleinen, runden und niedrigen Tisch daneben, neben der Lampe mit ihrem breiten Schirm, befindet sich ein ovaler Spiegel mit einem Rahmen und einem langen Griff aus Schildpatt. Liliana nimmt ihn und hält ihn sich vor ihr Gesicht. Liliana, die sich im Spiegel betrachtet. Sie scheint sich in ihrem Spiegelbild wiedererkennen zu müssen. Ohne es zu sehen, weiß Arturo, wie ihr Ausdruck sein muss, denn er hat ihn oft im Frisierspiegel in ihrem Zimmer gesehen, wenn sie kontrolliert, wie sie sich hergerichtet hat, während sie sein Spiegelbild im selben Spiegel sucht und ihn unweigerlich fragt, ob das Kleid, das sie trägt und das seit geraumer Zeit sehr gewagt ist, ihm angemessen erscheint. Aber jetzt kümmert Arturo Liliana nicht. Sie legt den Spiegel wieder auf den Tisch, kreuzt ihre Beine, legt ihre langen und zarten Hände auf ihrem Oberschenkel übereinander und blickt, ohne nach vorne zu schauen, verloren in eine vielleicht ferne Erinnerung oder eine reine und unermessliche innere Leere: Das Bild der Distanz, die der Beschaulichkeit von Seiten der Gleichgültigkeit angeboten wird. Sie könnte dies auch nur vorgeben, aber es scheint, dass sie sich von allem, was passiert und passieren kann, losgelöst hat, um vor Arturo in die Neutralität ihrer Gegenwart zu treten und alles in die Absichten der anderen zu legen, um sie für jeden Missbrauch verantwortlich zu machen, der gegen ihre wehrlose Gestalt begangen wird.

Die Musik ertönt wieder und der Gast tritt erneut ein. Er schaut abwechselnd auf Liliana und Arturo. Es mag leicht sein zu wissen, wer diese beiden jetzt sind; aber dieses

Wissen hebt nichts auf, sondern verstärkt Lilianas Macht über ihn. Das Lächeln, das sich kaum auf Lilianas dünnen Lippen andeutet, aber ausreicht, um die kindlichen Grübchen auf ihren Wangen zu zeigen und ihre blauen Augen leuchten zu lassen, schafft einen Abstand zwischen ihr und denen, die sie ansehen und sagt nichts aus. Die Macht, eine Entscheidung darüber zu treffen, scheint nur auf die beiden Männer übertragen worden zu sein. Auf dem Bett sitzend, abseits, Besitzerin ihrer Schönheit, nur feminin und unverantwortlich, in sich verschlossen, unberechenbar, die Laune zur Regel machend, gehört Liliana niemandem mehr, und somit ist nur noch ihr Körper derjenige, von dem man alles erwarten kann. Arturo kennt die langsame Enthüllung der Bedeutung, die sie ihrer Figur gibt, aus der Erinnerung an viele ihrer Handlungen, obwohl sie in diesem Moment nichts anderes ist als die Realität ihrer Gegenwart. Aber dem Gast reicht aus, was in dieser Nacht passiert ist, denn als er ankam und Liliana ihn begrüßte, küsste sie ihn unerwartet auf die Wange und brachte ihren Mund nahe an den seinen, bis sie fast seine Lippen berührte. Er setzt sich neben Arturo und beide trinken. Liliana schaut sie weiter an, ohne aufzuhören zu lächeln. Vielleicht macht sie sich über sich selbst lustig. Wenn sie etwas bestätigt, dann kann ihr Lächeln nur sagen, dass sie abwartet. Es stellt sich keine inkongruente Rolle ein, ohne dass alle Ereignisse um sie herum inkongruent sind und die Realität nicht auf eine Ordnung reagiert, obwohl man, wenn man darüber nachdenkt, feststellen würde, dass dies der wahre Charakter des Realen ist. Nur wenn jeder zeigt, was der Wunsch mit ihm macht, kann man eine stimmige Antwort erwarten, aber sein Charakter ist immer spontan und löst sich sofort wieder auf.

„Du tanzt nicht?" fragt der Gast schließlich Arturo, fast als eine Art Provokation.

Wenn er zustimmend antworten und aufstehen würde, um mit seiner Frau zu tanzen, würde die möglicherweise stillschweigende Provokation in der Frage des Gastes verschwinden, alles würde zu einem bloßen Missverständnis werden, das aus seiner Sicht etwas lächerlich wäre, jeder würde wieder seinen Platz einnehmen, die Vorkommnisse wären etwas exzentrisch und beunruhigend, würden aber innerhalb der Grenzen liegen, die die Flexibilität der Regeln zulassen, auch wenn das Verhalten von Liliana anscheinend sehr nahe daran war, die Grenzen zu überschreiten, die ihnen die Funktion zur Schaffung einer Bedeutung dieser Regeln geben. Arturos Antwort macht diese Möglichkeit jedoch zunichte.

„Nein. Ich sehe euch zu. Ihr könnt tanzen", sagt er, und diese Worte lassen eine Möglichkeit auftauchen, in der niemand mehr ist als das, in was seine Taten ihn verwandeln werden.

Liliana weiß es. Arturo hat es ihr gerade noch einmal bestätigt: So wie sie sein will, so wie sie sich selbst sehen will und wie Arturo sie sieht, ist sie nur das Objekt der Begierde. Vielleicht gab es eine Zeit, in der sie entdecken konnte, wie diese Verwandlung stattfand, die alles, was sie bis dahin sicher repräsentierte, umkehrte; aber die Empfindungen und Emotionen, die Arturo mit ihr teilte und eine scheinbar unmögliche Verbindung zwischen den beiden schuf, hinderten sie daran, aufzuhören und umzukehren. Die Fähigkeit des Unmöglichen, möglich zu werden, ist stärker als jede andere Fähigkeit, auch wenn ihre Beherrschung eine kontinuierliche Verwandlung erfordert, in der die einzige Regel die Annahme des Zufalls ist. Wenn es nicht als das verstanden werden kann, was es jetzt ist, indem man über sich selbst meditiert, ist es auch wahr, dass Liliana nicht in der Lage sein würde, sich selbst so zu akzeptieren, wie sie war. Die Vergangenheit ist im gleichen Maße wahr wie die Gegenwart oder, ohne dass etwas durch sie verändert wird, beides sind Lügen. Nur die Tatsachen spielen in dem Moment eine Rolle, in dem sie auftreten. Entführung und Ekstase können entweder in einer Richtung oder in der entgegengesetzten Richtung gefunden werden. Aber im Zentrum finden sowohl Liliana als auch Arturo, ausgehend von der Trennung, die sie eint, ihre Liebe, ohne Richtung oder Ziel außerhalb ihrer eigenen Existenz, indem sie ständig sich selbst auf's Spiel setzen. Seltsamer Widerspruch. Um dies zu beweisen muss nichts weiter gesagt werden, kann nichts mehr gesagt werden als das, was passiert.

Nachdem der Gast Arturo gehört hat, geht er zu Liliana und streckt, ohne etwas zu sagen, seinen Arm aus und fordert sie zum Tanzen auf.

Liliana gehorcht. Sie kann nichts anderes tun: Ihre Distanz hat ihr die Pflicht zum Gehorsam auferlegt, und außerdem muss sie es tun, um ihre Neugierde sich selbst gegenüber und die Neugierde, von der sie weiß, dass sie in Arturo existiert, zu befriedigen. Ohne diese Neugierde wäre vielleicht alles zwischen ihnen dem Weg des Vorhersehbaren gefolgt und wäre anders, aber sie wüssten auch nicht, dass sich das Unmögliche im Schoß des Möglichen unaufhörlich erholt und das Leben keine andere Bedeutung hätte, noch würde es einem anderen Zeichen entsprechen als dem, was zu erwarten war, als sich die beiden trafen und Liliana den Nonnen noch so nah war. Sie vertraute auf ihren Glauben und kannte ihren Körper nicht, diesen durch die bloße Tatsache, ein Körper zu sein, immer schuldigen Körper, durch den sie die Blendung kennen lernte, die durch die Verbindung zwischen dessen Unschuld, jener klaren Hingabe und jener Reinheit verursacht wurde, die jetzt die gleiche Unschuld und Schönheit bestätigt, die durch Lilianas Bosheit und die Unreinheit aufgrund ihrer

Hingabefähigkeit offenbart wird.

Geschmeidig und schlank, einsam, einen unwegsamen Bereich um sich herum schaffend, in der nur ihre rot gekleidete Figur Platz findet, umarmt Liliana den Gast. Sie werden nicht mehr voneinander lassen. Als die Musik zwischen den Liedern verstummt, und obwohl Liliana die Augen öffnet, bleiben sie und der Gast umschlungen, ihre Hände an seinem Hals, die von ihm auf ihrem Rücken. In dieser Phase des langen Weges, den sie zu gehen begannen, seit der Gast das Haus betrat, provoziert Liliana nicht nur sein Verlangen: Sie begehrt ihn auch, ohne jedwede Verheimlichung, und ihr Verlangen ist eine Möglichkeit, sich selbst zu berühren, sich selbst zu erreichen, als ob sie nur im Verlangen die Wahrheit ohne irgendeine mögliche Beschreibung fände, die ihre ganze Erscheinung offenbarte, noch bevor sie anfing, danach zu suchen, und die sie auch an Arturo übergab, ohne es vermeiden zu können, wodurch sie jenen unvorstellbaren Bereich schafft, in dem sie mehr denn je sie selbst ist, wenn sie aufhört, sie selbst zu sein.

Im Halbschatten des Raumes ist die zweifache Gestalt des Paares wie eine einzige. Arturo kann sehen, wie Liliana den Gast auf den Mund küsst. Die Silhouette der beiden vereinten Köpfe ist klar gezeichnet. Liliana verliert sich in diesem Kuss. Ihr Mund, manchmal sinnlich, manchmal hartnäckig, und, wenn sie lächelt, sogar in der Lage, eine ferne Kindheit heraufzubeschwören und das Mädchen in der Uniform ihrer Schule in die Gegenwart zu bringen, das nur die Emotionen kannte, die in ihr durch die aufgezwungenen religiösen Gefühle geweckt worden waren, über die sie so viel mit Arturo gesprochen hatte, so dass sie eine skandalöse Verbindung zwischen diesen Gefühlen und ihrer gegenwärtigen Fähigkeit, auf der Suche nach einer Verführung, deren Charakter ungewöhnlich sein muss, sich aufzugeben, gefunden hat, gehört dem Gast. Arturo weiß auch, dass die Fähigkeit des Vergessens, die zuvor die Bescheidenheit ihres so rigorosen Verhaltens unvorstellbar machte und sich nur in der unerwarteten Bosheit einiger plötzlich ausbrechender Lacher - gegen Lilianas Willen - zeigte, die das eiserne Leuchten ihrer blauen Augen unterstützten. So hatte sie gelacht, nachdem Arturo sie zum ersten Mal geküsst hatte, und einen Tag später, bevor er versucht hatte, es wieder zu tun. Aber jetzt ist es ist nicht Arturo, den Liliana küsst. Den Takt wiederfindend und sich in ihn verlierend, wandert eine der Hände des Gastes langsam über Lilianas Haut, verlässt den Rücken und beginnt, sie an der Seite, unter der Achsel, zu streicheln, wo das rote Kleid den Ansatz ihrer Brust sehen lässt. Sofort verliert sich die Hand unter dem Kleid. Liliana erschaudert leicht. Arturo kann ihre Reaktion sofort erkennen. Sie ist zum Gegenstand des Vergnügens des Gastes geworden, und ihr eigenes Vergnügen liegt mehr darin, dass er sich verloren fühlt in dem, was er mit ihrem unterwürfigen Körper tun kann, als in dem, was er von ihm bekommt. Aber die Hand bewegt sich unter dem Kleid, als ob sie jede der Empfindungen kennenlernen müsste, die sie in Liliana hervorrufen kann, und Arturo sieht, wie sie ihn auf den Hals küsst und erneut nach seinem Mund sucht, ohne jemals die Augen zu öffnen.

Die Musik ist zu Ende. Liliana nimmt sich einen endlosen Moment Zeit, um sich vom Mund des Gastes, von seiner Umarmung, von der Hand zu trennen, die ihre Brust unter dem Kleid streichelt. Als sie es endlich tut, ist sie wie verloren, abwesend, ohne zu wissen, wo sie ist. Ihre blauen Augen suchen nach Arturo. Sie sieht ihn ausdruckslos und distanziert an, als ob seine Anwesenheit dort nicht erklärt werden könnte. Aber dann lächelt sie und scheint durch ihr Lächeln in sich selbst zurück zu finden. Es ist wieder die Liliana, die nicht wollte, die nicht in der Lage war, auf etwas zu verzichten, was sie seit ihrer Beziehung zu Arturo in ihrem Verlangen nach Verführung und in ihrer Fähigkeit, sich in diesem Bedürfnis zu vergessen, gefunden hat. Ihr Lächeln ist bereits heimtückisch und etwas ironisch, als sie Arturo wieder ansieht und ihre Arme in einer Geste der freudigen Hingabe und absoluten Anerkennung ihrer selbst in die Höhe hebt. Sie ist die einzige Besitzerin ihrer schlanken Figur. Sie senkt die Arme, zuckt mit den Schultern, ist stolz und beschämt zugleich über sich selbst und verlässt den Raum. Sie ist leicht zerzaust, aber ihre Bewegungen tun nichts anderes als die Ernsthaftigkeit und Bescheidenheit zu bestätigen, die ihr ganzes Verhalten gerade geleugnet hatten.

Die Musik ertönt wieder. Liliana betritt jedoch den Raum nicht wieder. Der Gast, der in der Mitte des Raumes stehen geblieben war, ohne Arturo anzusehen, ist zu einem Sessel gegangen, um sich praktisch vor ihn zu setzen. Arturo ist nun eine weitere Person, deren Existenz der Gast nie in ihm vermutet hätte, als er ihn kurz zuvor kennenlernte. Er spricht ihn mit der plötzlichen Notwendigkeit an, eine Erklärung für sein Verhalten zu finden.

„Ich verstehe dich nicht", sagt er. „Was erwartest du? Was willst du sehen? Ist das immer so? Ist das alles für dich so wichtig?"

Arturo könnte sich an einer langen Erklärung versuchen. Bis sie geheiratet hatten, war Liliana immer dagegen gewesen, einen Bikini zu tragen. Sie kaufte erst während der Flitterwochen einen nach der ersten Nacht, in der sie sich geliebt hatten, nachdem sie während der gesamten Verlobungszeit Arturo nie erlaubt hatte, sie zu küssen oder ihr auch nur ein paar anfängliche Streicheleinheiten zu geben. Sie hatten sich im Dunkeln geliebt und erst später hatte Arturo darauf bestanden, das Licht einzuschalten, um sie nackt zu sehen. Liliana ließ sich betrachten, worauf ihre blauen Augen ihre Lippen in dem Lächeln begleiteten, das ihr Gesicht verwandelte und welches zu einem kurzen Lachanfall werden konnte, so wie es damals geschehen war, bevor sie sich Arturo genähert und ihr Gesicht an seiner Schulter verborgen hatte. Es war beunruhigend für Arturo zu entdecken, wie sehr Liliana sich gerne zur Schau stellte und wie ihre Schönheit betont wurde, sobald sie beobachtet wurde und der Blick anderer ihr dies offenbarte. Aus dieser Beunruhigung heraus lernte Arturo auch, sie immer anzusehen. Er akzeptierte die Faszination, die er empfand, wenn er sie mit irgendeinem Freund tanzen sah. Ihre Kleidung wurde immer gewagter, und ohne dass einer von ihnen es anfangs sich eingestand, beobachtete Liliana Arturo, um zu sehen, ob er ihr Verhalten akzeptierte, während er sie beobachtete, um sie bei diesem Verhalten zu ertappen, manchmal verstört und ohne verhindern zu können, dass Einwände, die man erheben könnte, seine Erregung durch die Möglichkeit der Betrachtung verstärkten. Es war schwierig, wenn nicht gar unmöglich, einige Freundschaften zu erhalten. Damit begann die Suche nach bloßen Bekannten. Liliana lag am Strand, als Arturo bemerkte, dass sie ihren Bikini entfernt hatte, auf dem Sand liegend ihre Ellbogen aufstützte und den Oberkörper anhob, so dass ein Fremder vor ihr ihre Brüste sehen konnte. Bei einem gemütlichen Abendessen, vor dem skeptischen oder beunruhigten Lächeln mehrerer ihrer Freunde warnte sie, nachdem sie eine Platte aufgelegt hatte, dass sie sich ausziehen würde und tat es fast vollständig, bevor eine Freundin sie mit einem Mantel bedeckte und Arturo später vorwarf, dass er nicht erkannt habe, dass Liliana betrunken war. Aber Trinken war nur ein Vorwand, um Dinge zu beschleunigen. Das wussten sie beide nur zu gut. In der Nacht, in der Arturo, nachdem er sie mit einem seiner Freunde hatte tanzen sehen, ein Zimmer in der Wohnung betrat, in der sie sich befanden, und sie halbnackt im Bett vorfand, als sie ihren Partner küsste, tat Liliana nur so, als wäre sie betrunken. Sie sah Arturo und ließ sich nicht erschüttern. Er schloss die Tür des Raumes, blieb aber drinnen im Raum. Wegen seiner Anspannung hätte er in der Lage sein müssen, Worte zu finden, sich zu erklären und zu rechtfertigen, auch wenn dafür die übliche Bedeutung von Wörtern gezwungen wäre und transformiert werden müsste, während sie gleichzeitig unnachgiebig gemacht würde, aber eine einfache Erklärung sollte vermieden werden, die einen Namen für jegliche Form von Begehren hat, die nicht in den Rahmen etablierter Gebräuche passt. Aber Arturo antwortet nur sehr kurz und präzise auf die Fragen des Gastes.

„Nur sie", sagt er, "ich will nur sie sehen, aus allen möglichen Blickwinkeln heraus."

„Ich kann dich echt nicht verstehen. Ist es das Vergnügen, ihre Freundschaft zu riskieren?" drängt der Gast.

„Vielleicht ist das notwendig, aber das ist nicht das, was zählt", sagt Arturo. „Es ist nur, um sie zu sehen. Sie. Sie zu sehen, so, als ob ich nicht existierte, und sie immer von Neuem zu finden."

„Und ich?" fragt der Gast.

„Soll ich dir antworten? Dazu fehlen mir jetzt die Worte. Du bist der dritte, der nur die Zuwendung erhält. Es ist aber immer auch möglich, sie abzulehnen", antwortet Arturo.

„Ich kann mir auch denken, dass sie mit mir zusammen sein will", sagt der Gast.

„Und das wäre natürlich wahr. Sie kann nur mit dir zusammen sein wollen. Das ist auch eine ihrer Art und Weisen, mit mir zusammen zu sein."

Dann erscheint Liliana durch die andere Tür des Raumes, übertrifft sich selbst, genießt schon vorher den uner-

warteten Charakter ihres Erscheinens und bleibt im Türrahmen stehen, mit blauen Augen, die von einer un-
bändigen Freude belebt sind, welche die strenge Perfektion
ihrer Gesichtszüge in dem präzisen Oval des Gesichts
verwandelt, umrahmt von den schwarzen Haaren, die sie
selbst nach oben gesteckt hat, glücklich wegen der
Überraschung des Gastes, fern von Arturo und sich seiner
Mittäterschaft absolut sicher.

Das Licht des Nebenzimmers beleuchtet sie von hinten,
zeichnet ihre Silhouette in dem durch den Türrahmen
geschaffenen Raum und hält sie an der Schwelle zum
Halbdunkel des Wohnzimmers. Ein ewiger Augenblick, von
Arturo und dem Gast betrachtet und bewundert. Für einen
Moment, in genau diesem Moment, hält die Zeit die
Unbeweglichkeit und das Leben, die sich in einem Bild
vereinen und widersprechen.

Liliana hat ihr Kleid umgedreht, und das Dekolleté, das
vorher ihren Rücken entblößte, enthüllt nun vollständig
ihre Brüste, sehr getrennt voneinander, mit dem rosa
Warzenhof, in dessen Mitte die aufgerichtete Brustwarze
ein ständiger Ruf an sie ist: verkündete nackte Offenbarung,
die die Sittsamkeit des Gesichts, die ruhige Strenge ihrer
Gesichtszüge nicht durchbricht und der Unverantwortlich-
keit ihrer Figur, bekräftigt in ihrer Schamlosigkeit und
ihrem offenen Angebot, ein widersprüchliches und
unentzifferbares Siegel gibt. Die natürliche Kraft der Sinnlichkeit wird in den Dienst der Perversion gestellt, die sie
verformt, und tritt in das Feld des Geistes ein, jede
Natürlichkeit leugnend, wenn das, was dargeboten wird, die
Kraft der Verführung des Fleisches ist.

Mit ihren Armen an beiden Seiten ihres langen,
schlanken, halbnackten Körpers, der in der Wirklichkeit
seines Erscheinens unmöglich ist, mit ihren flexiblen
Fingern, die kaum ihre Oberschenkel berühren, unmittelbar

und einzigartig in der mächtigen Obszönität ihrer Gegenwart, lässt sich Liliana für eine Zeit betrachten, einer Zeit, die nicht voranschreitet, und die zu sich selbst und zu ihrer Gestalt zurückkehrt. Das rote Halsband ihres Kleides, welches vorher dazu diente, das Oberteil auf der Rückseite ihres Halses zu halten, ist jetzt eine Halskette, die ihre Kehle umschließt, unter der die feine Linie der Schultern, der weiche Strich der Schlüsselbeine und die schuldige Nacktheit der Brüste herabsinken und unter die dann die gerade Form des Kleides fällt, als ob es jetzt nichts anderes wäre als die ironische Beschwörung eines bis zum Äußersten getriebenen Empirestils. Danach tritt Liliana ein paar Schritte in den Raum, in dem sich Arturo und der Gast befinden.

Das Gespräch, das die beiden gerade geführt hatten, scheint nie existiert zu haben. Indem sie ihr Kleid umdrehte, hat Liliana alle Worte sinnlos gemacht. Keine Verheimlichung, keine Erklärung ist notwendig. Während sie zwischen den Möbeln des Zimmers entlanggeht, mit ihren entblößten Brüsten, und damit ankündigt, dass ihr einziger Zweck darin besteht, zu provozieren, sich der Betrachtung anderer hinzugeben, aufgeregt und scheinbar ahnungslos gegenüber der Erregung, die sie erweckt, aber auch ohne ihre Zufriedenheit verbergen zu können, ist die Erkenntnis, dass sie akzeptieren wird, was mit ihr gemacht wird, schlichtweg eine Tatsache dadurch, dass dieses Kleid nicht mehr ihre Bescheidenheit schützt, sondern sie vielmehr für die absolute Verfügbarkeit öffnet.

„Setz dich hierher" bittet der Gast sie, als Liliana an ihm vorbeikommt.

„Wo?" fragt sie, bleibt stehen und schaut ihn mit ihren klaren blauen Augen an, als ob sie zu ihrer Überraschung nur gehorchen könnte.

„Hier", wiederholt der Gast und zeigt auf eine Ecke des

breiten Sessels, auf dem er sitzt.

„Wozu?" fragt Liliana noch einmal, als ob sie jetzt nur noch den Moment herauszögern wollte, was sie bereits als unvermeidlich erkannte.

„Um dich an meiner Seite zu haben", sagt der Gast.

„Wir könnten stattdessen tanzen. Ich werde nie aufhören, euch nicht zu verstehen", gibt Liliana vor zu jammern.

„Das spielt keine Rolle. Ich will dich an meiner Seite haben", drängt der Gast.

„Macht was ihr wollt", sagt Liliana, Arturo mit ihrer Antwort mit einschließend, obwohl sich der Dialog nur zwischen dem, was sie jetzt für den Gast ist und dem, als was der Gast dies anerkennt, entwickelt hat.

Liliana schaut für einen Moment auf die Stelle, die der Gast angegeben hat, und gehorcht. Alles, was danach passiert, sollte unerträglich anzusehen sein. Es ist sogar unmöglich, es als ein reines Ereignis zu akzeptieren, in dem niemand jemanden vertritt, weil Liliana mit größerer Präzision als je zuvor die unübertragbare Realität ihrer Person zeigt, und der Gast nur diese Realität zu nutzen scheint, obwohl beider Verhalten sie beide zu verwandeln scheint. Wie kann das Erscheinen der schönsten und geheimsten Intimität durch eine Handlung erklärt werden, die der Existenz dieser Intimität widerspricht? Warum tritt Liliana in den extremsten und nach außen hin empfind-lichsten Besitz ihrer selbst ein, wenn das, was sie zulässt, verkündet, dass sie auf jegliche Integrität verzichtet hat? Was ist das Geheimnis dieser so natürlich entfernten Gestalt in ihrer körperlichen Schönheit, dass es dennoch die Verletzung jeder Regel durch Liliana zu erfordern scheint, sich durch diese Schönheit in ihrer ganzen Fülle zu zeigen? In welcher Welt kann sie sich selbst zeigen und wie kann diese Fülle aufrechterhalten werden, die die widersprüchliche Wahrheit offenbart, die durch Lilianas Figur repräsentiert wird? Es kann nur bestätigt werden, dass Lilianas totale Hingabe an den Gast es ihrem Gehorsam erlaubt, in absoluter Neutralität und Kraft aufzutreten, welche nicht auf ein zweckmäßiges Ziel ausgerichtet ist, noch befolgt sie andere Regeln als die durch die Sinne ihrer physischen Schönheit schillernde Fähigkeit des ihr auferlegten, in der sich alles zwangsläufig manifestiert. Der Gast hatte seinen Arm hinter Lilianas Rücken gelegt, mit zwei Fingern an ihr Kinn gegriffen und es gegen ihre Schulter gelehnt. In absoluter Unterwerfung ließ Liliana alles mit sich machen. Dann ließ der Gast seine Hand auf Lilianas Schulter liegen und umarmte sie, beugte sich über sie und küsste sie auf den Mund. In der Zwischenzeit streichelte seine andere Hand Lilianas Brüste, bedeckte eine von ihnen vollständig, nahm die Brustwarze zwischen seine Finger und drückte sie zusammen, berührte die andere kaum mit dem Handrücken und benutzte ihre Brüste als endloses Feld von Liebkosungen, die nicht in der Lage waren, ein eigenes Ende zu finden.

Arturo betrachtet sie von der unerreichbarsten Erhebung aus, was ihn verschwinden lässt und ihn vor Liliana durch die Betrachtung vollständig auflöst. Er hat keinen Platz in der Szene, denn nur seine Abwesenheit von diesem Ort erlaubt es ihm, sie zu erleben. Wie er sie sehen kann, ist Liliana sie selbst wie eh und je, gleichzeitig aber wie noch nie, wenn sie durch die Ablehnung ihrer Taten bestätigt wird, da Arturo jeden möglichen Zugang zu Liliana auslöschte, den er kannte, bevor er diese andere Liliana existieren ließ, und gleichzeitig diese Liliana für immer fixiert lässt, erkennbar nur für Arturo, der sie selbst auch in dieser anderen findet. Der Kuss verlängert sich auf unbestimmte Zeit. Liliana lässt alles mit sich machen und streichelt gleichzeitig nur leicht den Hals des Gastes.

Vielleicht in der Kunst, vielleicht im Schlaf... Aber die Gestalten, die auf dem Sessel sitzen, haben eine absolute Realität und befinden sich in der Zeit, obwohl ihre Betrachtung nur außerhalb ihrer möglich zu sein scheint.

Schließlich steht Liliana auf und entfernt sich aus der Umarmung und den Liebkosungen des Gastes. Aber weder das Bild noch die Offenbarung, die die beiden ermöglicht haben, ist gebrochen. Wenn Liliana sich selbst sehen könnte, würde sie sich selbst nicht erkennen. Niemand außer Arturo kann sie erkennen, wenn er sie in diesem Moment ansieht. Sie ist eine andere und doch die gleiche. Nur ihre Bewegungen beweisen, dass dieser Augenblick nicht ewig ist, und was passiert, geschieht nur im Leben. Liliana hebt ihre Hände bis an ihren Hals, löst das Halsband des Kleides und lässt es über ihren Rücken fallen, wodurch ihr Oberkörper völlig nackt ist. Der Gast schaut sie an und bewundert sie, ohne sich zu bewegen. Durch ihre Vollkommenheit und die Bereitschaft, ihre eigene Schönheit preiszugeben, scheint diese Schönheit sie unberührbar zu machen. Sie dreht sich einen Moment zur Seite, um Arturo zu sehen. Vielleicht möchte sie den Weg finden, der es ihr erlaubt zu zeigen, dass sie trotz ihres vorherigen Vergessens nur für ihn agiert; aber die Suche nach diesem Weg bringt sie nur wieder zu dieser Vergessenheit. Vor dem Gast stehend, nimmt sie seine Hand und bringt ihn dazu, sich zu erheben. Sie umarmt ihn jedoch nicht, aber einen gewissen Abstand einhaltend, strecken sich ihre langen Finger zur Krawatte des Gastes, lösen den Knoten und entfernen sie. Genau wie Arturo, ohne sich zu bewegen, beobachtet der Gast sie dabei. Durch ihre Gesten stellt Liliana ihn unter ihr Kommando und macht jede Möglichkeit, sich zu entfernen, zunichte. Sie zieht seine Jacke aus und beginnt dann, ganz langsam, die Knöpfe an seinem Hemd aufzuknöpfen, bis es ihr möglich ist, ihn davon zu befreien. Die Szene scheint mehr denn je einer Zeremonie zu entsprechen, in der jede Handlung vorhergesehen ist und völlig unwirklich erscheinen würde, wenn nicht ihr absolut fesselnder Charakter wäre, der jene andere Sphäre erscheinen lässt, in der alles möglich ist. Jetzt, voreinander stehend, haben sowohl Liliana als auch der Gast einen nackten Oberkörper. Die Platte ist zu Ende und der Plattenspieler ist wieder dabei, die letzten Songs automatisch zu wiederholen. Liliana nähert sich dem Gast und legt ihre Arme um seinen Hals; er zieht sie zu sich, indem er seine Hände auf ihren Rücken legt. Sie tanzen wieder, ungeschickt, nur gelegentlich vom Rhythmus der Musik geleitet.

Arturo beobachtet sie. Seine Frau, das Objekt seiner Liebe, die Offenbarung der Liebe durch ihre Erscheinung; seine Frau, die er liebt und zu der er gehört und die zu ihm gehört; seine Frau, in der er sich selbst gefunden hat und die ihn vertritt; seine Frau, um die sich der ganze Zusammenhalt der Welt gruppiert hat; seine Frau, die bei so vielen anderen Gelegenheiten Strenge und Unschuld, Rechtschaffenheit und Eleganz zeigt; seine Frau, die zu einer prüden und konservativen Familie gehört, die in ihren Lehrerinnen die Hoffnung erweckte, dass sie eine Nonne sein würde und sich immer einwandfrei benähme, hat alle Grenzen überschritten, die sie definiert haben, und stellt somit die gleichgültige Reinheit der absoluten Schönheit dar, die in ihrem Körper sichtbar ist, für die jedoch die Progressivität ihrer Einstellungen, Gesten und Bewegungen das Begehren bestimmt. Nach Lust und Laune durch den Gast manipuliert, erlaubt sie, dass dieser ihr Kleid noch weiter herunter zieht, um ihr Gesäß zu streicheln. Als die Schallplatte endet, liegt das Kleid zu Füßen von Liliana und zeigt ihr kurzes rotes Höschen. Es ist Liliana, im Wohnzimmer ihres Hauses, nur von diesem kurzen Höschen bedeckt, welches nur die strahlende

Nacktheit ihres Körpers betont, eine Nacktheit, die, weil sie inkongruent und unakzeptabel ist, definitiv die reine Nacktheit bestätigt. Auf diese Weise, nackt, verwandelt Lilianas Präsenz alles um sie herum; aber für den Gast ist sie nichts weiter als nur das verfügbare Objekt seiner Begierde. Er beugt sich hinunter, um Liliana das Kleid an ihren Füßen auszuziehen, und Liliana kommt mit einer leichten Bewegung heraus, als wäre sie endlich frei von etwas, das ihr im Weg steht und jeden Sinn verloren hat. Mit ihren leicht geöffneten blauen Augen und einem verlorenen Blick tritt sie einen Schritt vor, lässt den roten Fleck des Kleides auf dem Boden liegen, scheint nach etwas zu suchen, was sie fern der Umarmung des Gastes tun kann, und lässt sich schließlich in den nächsten Sessel fallen.

Arturo verlässt den Raum und geht zum Plattenspieler im Nebenraum. Es ist eine Entwürdigung, Zeuge zu sein, wie der Gast die Verführung von Liliana um ihrer Schönheit willen und die Hingabe dieser Schönheit an die Unpersönlichkeit durch ein ihr auferlegtes Vergnügen missbraucht; aber er kann und will es nicht verhindern. Was nur in der Zweisamkeit geschehen darf, die jedes Paar schafft, wird plötzlich zum Spektakel des öffentlichen Lebens, das vor ihm steht, und das Objekt und die Erscheinung seiner Liebe, die das Leben darstellen, verlieren sich und liegen außerhalb seiner selbst in ihrem eigenen Leben und vergisst ihre Liebe. Es ist ein Schmerz und eine Lobpreisung. Weil er Liliana verloren hat, hat er sie mehr denn je. Seit seinem Verlust kann sie ihm niemand mehr wegnehmen. Er weiß, dass Schönheit keinen Besitzer hat, und nur aus dieser Erkenntnis kann Liliana die seine sein, ohne seine Wahrheit in so viel Schönheit zu verlieren. Arturo starrt auf die Platte, die sich auf dem Plattenspieler dreht. Eine vulgäre Szene ist das Mittel, um das Erscheinen des Heiligen zu provozieren. Unverständlich und demütigend.

In der Zwischenzeit muss wohl Liliana, seine Frau, die Hure spielen. Arturo geht zurück in das Wohnzimmer.

Liliana und der Gast tanzen wieder, aber sie bewegen sich kaum noch. Es ist unmöglich, weiter so zu tun, als würden sie tanzen. Sie streicheln sich gegenseitig ohne jedwede Ordnung und sind an dem Moment angelangt, an dem ihre Körper sie nur bitten, weiter zu gehen.

„Leg dich hin", befiehlt der Gast Liliana.

„Warum?" fragt sie mit ihrer jungen, klaren Stimme, mit einem leichten Ton des Erstaunens, als ob sie trotz allem, was passiert ist und was sie selbst zu erwarten schien, von dem Befehl überrascht würde.

Die Antwort des Gastes ist die einzig mögliche, wenn die Handlungen keine andere Rechtfertigung haben als die Kraft, die sie erwecken, nachdem der Impuls, der sie ermöglicht, ausgeführt zu werden, befolgt wurde.

„Deshalb", sagt er.

Arturos Rückkehr in den Raum völlig ignorierend, ohne sich überhaupt die Mühe zu machen, das Licht der Lampe neben dem türkischen Bett auszuschalten, zieht Liliana ihr Höschen aus und gehorcht. Nackt, auf dem Rücken auf dem Bett liegend, scheint sie nicht zu wissen, was sie erwartet. Ihr hilfloser Körper offenbart sich in seiner ganzen Schönheit. Sie kann nicht anders, als ihn zum Gebrauch herzugeben; aber auf dem Bett liegend, mit ausgestreckten Armen parallel zu ihrem Körper, ihre Beine halb offen, das schwarze Dreieck des Geschlechts, das ihre totale Nacktheit deutlicher und schamloser macht, was auch die perfekten Gesichtszüge würdigt, öffnet Liliana ihre Augen für einen Moment und mit einer fast schmerzhaften Sanftmut findet ihr blauer Blick, jener Blick, der Arturo vom ersten Moment an verführte, als er die Gelegenheit hatte, sie kennen zu lernen, den von Arturo, der sich in den gleichen Sessel gesetzt hat wie zuvor.

Der Gast entkleidet sich vollständig und betrachtet, neben dem Bett stehend, aufmerksam Lilianas Körper. Sie öffnet die Augen wieder. Als ob sie selbstständig handeln würde, streicht ihre Hand sehr langsam über ihren Körper. Dann schließt sie ihre Augen wieder, hebt ihren Arm und streckt dem Gast ihre Hand entgegen. Der Moment, in dem sie und der Gast sich am Tisch, zu beiden Seiten von Arturo, gegenübersaßen, und das Gespräch zwischen den dreien den sicheren Lauf des bereits bekannten einnahm, liegt inzwischen unverhältnismäßig weit zurück. Sein Charakter erscheint nun absurd. Was sicherlich sehr bald geschehen wird, entblößt das Leben und stellt es ohne jede Verkleidung in den Mittelpunkt seiner selbst, so wie Liliana und der Gast in ihrer unpersönlichen Nacktheit erst dann zur Selbsterkenntnis zurückkehren können, wenn sie der Kraft nachgegeben haben, der sie sich ergeben haben und die sie führt. Jede Verwirklichung des Begehrens ist ein Spektakel, auch wenn es keine Zuschauer hat; außerdem schaut Arturo ihnen aber bei dieser Gelegenheit zu. Auch er denkt an nichts oder, wie Liliana und der Gast, er ist nicht Herr dessen, was er denkt, denn wie andere auch, leiten ihn seine Gefühle und lassen ihn deshalb dabei seine eigenen Gedanken nicht erkennen. Abwesend von sich selbst, verloren in einer Umgebung, in der es unmöglich ist zu leben, von der es scheint, dass er nie wieder zurückkehren kann, weil er mit glühender Deutlichkeit und blendender Klarheit das Erscheinen jener völligen Dunkelheit gesehen hat, die für ihn die einzige Wahrheit enthält, eine namenlose Wahrheit, die ihm seine eigene Klarheit offenbart und aufzeigt, sobald sie aufhört, eben dies zu sein. Er ist körperlich nicht erregt, und doch erlaubt ihm sein eigener Geist, der ganz seinen Körper repräsentiert, von dem er nur den Sehsinn nutzt, ihn auch und sich selbst zu vergessen. Auch wenn es nicht das erste Mal ist, dass es passiert, ist es doch immer wieder das erste Mal. Überschwang und Erniedrigung, Liebe und Zärtlichkeit, Zweideutigkeit und Gewissheit nähren eine einzige Intensität, die sich selbst befriedigt. Die Augen, die aufgehört haben, ihm zu gehören, die nur die strahlende Reinheit der dunklen Vision ermöglichen, schauen auf Liliana, wie sie sie nicht sehen können, wenn der Wunsch beide sich gegenseitig verlieren lässt; aber dann ist das Paar nur in seiner Verneinung als Paar möglich, in der Anerkennung einer Trennung und eines Unterschieds, der aber aufrechterhalten werden muss, damit ihr Wille, ein Paar zu sein, in jener Reinheit der Vision auferlegt wird, deren einer das Objekt und der andere das Subjekt ist, die aber alle Unterschiede mit einbezieht, um sie beide darüber hinaus zu vereinen.

Aber vielleicht ist es unzulässig, diese Vision zu verfolgen, und die Realität löscht ihre Reinheit, verwandelt sie, indem sie sie mit den Anforderungen verschmutzt, die es ermöglichen, sie im Rahmen des Etablierten als Realität zu erkennen. Und es ist nicht einfach, diesen Rahmen aufzugeben. Was vor Arturos Augen geschieht, kann nicht beschrieben werden, es ist jenseits der Möglichkeiten der gewöhnlichen Sprache, denn es ist nur das Produkt der stummen Sprache der Körper, wo das, was nicht durch Worte, deren Bedeutung festgelegt ist, ersetzt werden kann, realisiert wird. Der einzige Zeuge ist der Blick von Arturo, und sein Schweigen ist sein Schicksal. Wenn er seine Augen schließen würde, würden Liliana und der Gast verschwinden, aber selbst durch seine geschlossenen Augen würde er wissen, dass ihre Körper noch existieren. Der Blick hingegen erlaubt ihm, an jenem Ritual teilzunehmen, bei dem die Zelebrierenden den Zuschauer ignorieren, ihn aber akzeptiert haben, bevor sie das Ritual begannen, in dem sie sich verlieren. Es gibt eine unerklärliche Nähe durch seinen

Verzicht auf sich selbst und sein eigenes sich Verlieren in jene Faszination des Blicks, an der Liliana nur durch die Hingabe an sich selbst teilnimmt, ohne dass ihr Wille eingreift.

Schließlich gibt Liliana einen kurzen Schrei von sich. Ihr Atem und der des Gastes laufen ineinander, aufgeregt, ängstlich, zwischen Murmeln und Seufzern. Es geht nur darum, zu einem Ende zu gelangen, das gesucht und doch abgelehnt wird. Arturo kann es sehen. Er betrachtet eine Welt, die unbekannt ist, und riskiert, dass, wenn er zu sich selbst zurückkehrt, er sie nicht wiederkennt. Lilianas Haut ist glatter geworden auf den perfekten Gesichtszügen des Ovals, umrahmt von schwarzen Haaren. Ihre Wangenknochen sind weiter hervorgetreten; die Vertiefung auf ihrer Wange ist tiefer; die Linie ihres Kiefers ist stärker ausgeprägt; der Hals ist länger und geschwungen. Der Bogen ihrer Augenbrauen, über denen sich die breite Stirn leicht wölbt, wird in einer Geste unwillkürlicher Konzentration betont. Ihr Mund, halb geöffnet, sehnsüchtig, in dem die Zeichen von Entrückung und Ekstase deutlicher dargestellt werden, so als wollte Liliana ihre Empfindungen auf einem Gipfel halten, von dem aus das Gleichgewicht unmöglich ist, erlaubt es, die Zähne zu sehen. Dann stößt Liliana ein Stöhnen des Erstaunens aus und direkt danach einen langen Schrei des Schmerzes, des Glücks, der Überraschung von sich, bei dem ihr Vergnügen aus einer maßlosen Höhe fällt, die sie erreicht hatte, während ihre Hände sich an den Rücken des Gastes klammerten. Alles löst sich auf. Die Bewegungen des Gastes werden zuckend und dann bleiben die beiden still, er auf ihr, sie unter ihm. Lilianas elegante Hände gleiten über den Rücken des Gastes und verlassen den Ort, an dem sie auf der Suche nach unmöglicher Unterstützung waren. Sie öffnet immer noch nicht die Augen. Der Gast sagt ihr etwas ins Ohr und sie nickt. Der Gast küsst sie auf die Stirn, auf die Augenlider, die ihre blauen Augen bedecken. Liliana spitzt ihre schlanken Lippen und bietet ihm ihren Mund an. Sie küssen sich und dann hebt Liliana einen Arm und beugt ihren Unterarm, um ihre Hand unter ihren Kopf zu legen, so dass der Gast seine Hand auf ihrem Arm ausruhen und sein Gesicht gegen das ihre halten kann. Der Gast geht, mit tiefer Zuneigung, süßer Zärtlichkeit und neuem Selbstbewusstsein, langsam mit einer Hand an Lilianas Brust, die ihr eigener Körper nicht verbergen kann. Liliana hebt ihren freien Arm an seinen Kopf und ihre langen Finger streicheln seinen Hals mit der gleichen Zuneigung, Zärtlichkeit und Zuversicht. Arturo fühlt eine unerwartete Hilflosigkeit. Die Gesten beider sprechen von einer innigen Intimität, von der er ausgeschlossen ist. Er starrt sie aus einer Distanz an, die sich zum ersten Mal zwischen ihm und ihnen geöffnet hat. Diese Intimität existiert, aber Arturo muss es zulassen, dass sie entsteht, um zu erreichen, dass Liliana an seine Seite zurückkehrt, da er sie gesehen hat, wie nicht einmal sie selbst in der Lage ist, sich zu sehen, so dass die Person, die scheinbar nur durch ihre Loslösung von Arturo zu ihm gehört, in Liliana eingesperrt ist und mehr ist als Liliana, obwohl sie keine andere Existenz hat, als sie selbst sich geben kann, eine Existenz, die es auch ermöglicht, solche Gesten zu machen, die zeigen, dass Arturo aus dem Inneren ausgeschlossen ist, das sie motiviert. Aber diese Innigkeit wird auch durch den äußeren Charakter der Gesten sichtbar. Es geht immer darum, über die Grenzen hinauszugehen, obwohl es andere Möglichkeiten gibt: Der Gast könnte versuchen, mit Liliana allein zu sein und auf andere Weise zu wiederholen, was gerade passiert ist. Arturo kennt die unglaubliche Schüchternheit und Verlegenheit, die sich in Liliana zeigen, wenn diese zweite Begegnung stattfände; aber wenn Liliana akzeptieren würde, den Gast alleine zu treffen, könnte der widersprüchliche Reiz dieser Schüchternheit und Verlegenheit auch die Intensität der seltsamen Emotionen erhöhen, die eine solche Begegnung hervorrufen würde. Das ist nie passiert. Die Verbindung zwischen Liliana und Arturo hat sich ebenfalls verstärkt, bis hin zur Unzerstörbarkeit durch die Art der Emotionen, die sie beide teilen. Aber es ist immer möglich. Würde Liliana dieser Begegnung zustimmen, würde der Gast den Platz einnehmen, den Arturo nur für einen Moment verloren zu haben schien. Wenn Liliana jedoch bei dem Gast bleiben würde, wäre sie nicht mehr Liliana, sondern die andere, in die er sie verwandeln würde. Vielleicht könnte dieser Akt als Erlösung angesehen werden. Liliana würde von dem unzulässigen Band befreit werden, das zwischen ihr und Arturo geschaffen wurde, als alle Regeln gebrochen worden waren, von der gegenseitigen Entdeckung der Notwendigkeit, sich zur Schau zu stellen und zu verführen, und von seiner freudigen Zustimmung, die zunächst von ihm selbst in nicht minderem Maße übertroffen wurde, als er überrascht war, jene unerwartete Liliana zu finden, die ihn mehr als jede andere wegen ihrer Verführungskraft gefangen hält. Vielleicht könnte Liliana zu dem zurückkehren, was sie war, bevor Arturo sie dazu gedrängt oder einfach nur zugelassen hatte, dass sie das ist, was sie jetzt ist; aber das würde nur bedeuten, eine Möglichkeit für eine andere aufzugeben, die die beiden schon lange vorher hinter sich gelassen haben. Der Ruf der Geltung, der zu hören war, um zwischen ihnen die getreue Einhaltung eines bestimmten verbotenen Verhaltens zu erhalten, würde verblassen; Arturo weiß jedoch, dass diese Sicht durch ihre gegenseitige Entdeckung der Erwartungen, die die Welt an ihre Liebe stellte, geschaffen wurde. Diese Liebe formt sie, und zwischen dieser Liebe, der sie begegnen, kann durch ihre sehr außergewöhnliche und unkommunikative Natur niemand sonst treten, und sie würden sich außerhalb des Raumes verlieren, den ihre Beziehung schafft. Um das zu beweisen, muss Arturo nur noch einmal auf Liliana schauen. Sie ist dort. Zum Teil vom Gast bedeckt, strahlt ihr Körper. Beide scheinen eingeschlafen zu sein oder tun so, als wären sie eingeschlafen. Nackt und hilflos wie das Leben, hat die Gestalt von Liliana, offen für Besinnlichkeit, weder Anfang noch Ende, so wie das Leben auch. Liliana muss jedem gehören, weil sie niemandem gehört, und so, wie sie niemanden gehört, so empfindet Arturo sie als die Seine. Die beiden Körper im Bett, die durch das Licht der Lampe enthüllt werden (Liliana hatte sich nicht die Mühe gemacht hatte, sie auszuschalten, als sie dem Befehl des Gastes gehorchte), bilden das einzig mögliche Zentrum des Wohnraumes, und ihre willkürliche Präsenz darin erfüllt ihn mit Bedeutung, als ob jede Realität verletzt werden müsste, bis sie gezwungen wird, ihre entgegen gesetzte Seite zu zeigen, um ihren wahren Charakter erreichen zu können.

Arturo nähert sich dem türkischen Bett und küsst Lilianas Hand. Sie öffnet die Augen. Der Rhythmus von dem Atem des Gastes hat sich nicht verändert.

„Du bist hier?" fragt Liliana mit einem aufrichtigen Erstaunen in ihren klaren blauen Augen.

Plötzlich scheint ihre Haltung darauf hinzudeuten, dass Arturo sie auf eine Weise überrascht hat, die sie nie erwartet hätte, was einen Ehebruch beweist, den sie immer hätte ignorieren wollen. Liliana schiebt den Körper des Gastes beiseite, der noch schläft oder vorgibt zu schlafen, steht auf und tritt Arturo verärgert gegenüber, schlecht gelaunt, mit einer Geste des Unglaubens im Gesicht, die vor allem in der Art und Weise, wie sie ihre Augenbrauen wölbt und ihre dünnen Lippen schließt, und im Glanz der Wut der schrägen blauen Augen, deren Farbe wieder der von Stahl ähnelt, hervorgehoben wird.

„Lass uns hier weggehen", sagt sie.

Sie verlässt das Wohnzimmer und betritt den Nebenraum, ohne ihr Kleid aufzuheben oder nach dem Gast zu sehen, und sobald Arturo ihr gefolgt ist, schließt sie die Tür. Sie schaut Arturo an, ohne sich ihm zu nähern. Unter dem grellen Licht des Raumes hat ihr nackter Körper, fern der Wut, die sich auf ihrem Gesicht zeigt, eine fast jugendliche Schönheit in der schlanken Festigkeit ihrer Linien, und die Gleichgültigkeit ihrer Wut gegenüber schafft einen Widerspruch, in dem die Mehrdeutigkeit, die eben diese Schönheit ausmacht, dadurch gezeigt wird, dass sie verhindert, dass sie einerseits bestätigt, andererseits verleugnet wird. Diese Schönheit lässt sich als ein fortwährendes Geheimnis auflösen, das jede Einheit verliert, welches als unzerstörbares Geheimnis der Schönheit, die sie innehat, umschließt und öffnet, noch bevor Liliana anfing, sie auf verbotene Weise zu benutzen, zu ihrer eigenen Überraschung geleitet von der Liebe, die sie gegenüber Arturo entdeckte.

„Du bist schuld. Du drängst mich immer", sagt sie zu Arturo. „Ich wollte das nicht tun, es ist das Wissen dessen, worauf du wartest, das mich zwingt."

„Das weiß ich doch", antwortet er.

„Aber ich will nicht, dass es wieder passiert. Mit niemandem. Du bist derjenige, der es verhindern muss, und stattdessen provozierst du es. Ich hasse es, nachzugeben, weil ich nicht erklären kann, was mit mir passiert. Aber es ist deine Schuld. Ich kann nicht aufhören, jemandem zu folgen, der mich ungewollt führt, und du musst dies verhindern."

„Alles klar. Es wird nicht wieder vorkommen", sagt Arturo, amüsiert und völlig verführt von ihrer Unstimmigkeit mit sich selbst; gleichzeitig versucht er, seine Begeisterung angesichts dieses neuen Beweises für die Wirklichkeit ihrer Liebe zu verbergen.

Liliana schaut ihn ungläubig an. Mit sich selber im Unreinen, nimmt ihre Wut deswegen noch zu.

„Ich hasse dich!" sagt sie.

Sie dreht sich um und verlässt auch diesen Raum, aber wieder einmal leugnen ihre Bewegungen ihre Worte, als ob es für ihren Körper unmöglich wäre, eine Haltung zu haben, die nicht von ihm selbst stammt, und jede Entscheidung, die Liliana trifft (abgesehen von den Befehlen ihres Körpers, in dem sie gefeiert wird und in dem sich ihre Person befindet), sofort durch die Anwesenheit der Figur gelöscht würde, von dem die Entscheidung getroffen wurde. Als sie sich umdreht, um zu gehen, bleibt in dem von ihrer Figur hinterlassenen leeren Raum die Zeichnung ihres langen Rückens eingraviert, die sich verengt, je weiter sie sich der zerbrechlichen Taille, ihren zarten Hüften und den engen Kurven ihres Gesäßes nähert. Hinter ihrem Hals scheinen die schwarzen Haare die gleiche Aufgabe zu erfüllen wie die Beine, mit denen der Rumpf auf wundersame Weise fortgesetzt wird: Lilianas Nacktheit ist eine ständige Bestätigung ihrer Reinheit.

Dann dringt die Stille in den Raum ein, in dem Arturo geblieben ist. Liliana muss den Plattenspieler ausgeschaltet haben. Und dann, in jener plötzlichen Offenbarung der Stille, die aus dem Zustand der monotonen Wiederholung der immer gleichen Lieder entstanden ist, erscheint und steht sie im Rahmen der Tür. Immer im Rahmen der Tür, in der Mitte des Rahmens, wie eine einzige Figur in einem Bild: unmittelbare und entfernte Offenbarung. Aber jetzt ist Liliana außerdem eine andere.

„Ich fühle mich mies", sagt sie. „Ich verstehe mich selbst nicht. Warum tue ich diese Dinge?"

„Du hast nichts getan. Es ist meine Schuld", antwortet Arturo.

Liliana schaut ihn an und weiß nicht, ob sie ihn ernst nehmen soll. Sie kommt ein paar Schritte näher an ihn heran und hält an. Jeder kann sie enthüllen, aber niemand kann sie berühren. Sie hebt die Arme und führt ihre Hände zum Haarband, mit dem sie ihren Zopf oben auf dem Kopf befestigt hat, wobei sie die Achselhöhlen zeigt. Auch ihre Brüste heben sich leicht. Das schwarze Dreieck ihres Geschlechts zentriert ihre Nacktheit. Sie richtet ihr Haar, zögert einen Moment und lässt das Haarband an Ort und Stelle. Ihre Arme sinken. Ihr rechtes Handgelenk berührt kaum den Oberschenkel, während die Hand mit den ausgestreckten Fingern nach hinten geht. Der andere Arm bewegt sich leicht nach vorne, so als wenn die Hand an einem nicht existierenden Gegenstand anhalten wollte. Sie sieht Arturo an.

„Wer hat mir beigebracht, eine Hure zu sein?" fragt sie ihn mit einer Mischung aus Beschwerde und Spott, aus der absoluten und freudigen Anerkennung ihrer Schuld und aus der nicht minder absoluten Bestätigung der Unschuld ihrer Weiblichkeit.

„Lass mich dich umarmen", bittet Arturo, unfähig, das Bedürfnis zurückzuhalten, ihren Körper nach so viel Zeit und so vielen Ereignissen zu spüren, da sie alle zu diesem Bedürfnis führen. Es ist wahr, dass die Berührung von Liliana die Unberührbarkeit treffen würde, die ihre Handlungen sichtbar und fühlbar gemacht haben. Aber Liliana scheint dies immer noch leicht hinauszögern zu müssen.

„Sieh mich vorher an", sagt sie.

Unmittelbar danach jedoch nähert sie sich Arturo und umschließt seinen Hals mit den Armen. Arturo umschlingt ihre Taille und streicht mit seinen Händen ihren Rücken hinauf. Sie nimmt ihren Kopf zurück, um ihn von vorne ansehen zu können. Ihre blauen Augen scheinen sich zu verdunkeln, während sie bösartig aufblitzen. Überall auf ihrem Gesicht zeigt sich die Schönheit, die noch nie durch etwas verändert werden konnte. Die Sinnlichkeit ihrer strengen dünnen Lippen ist unerklärlich. Ihre Gestalt umschließt etwas Ewiges und Flüchtiges. Sie spricht mit einer naiven und ironischen, ernsten und leichten Nuance. Ihre klare Stimme drückt ein Klagelied für ihr Verhalten und einen verschleierten Vorwurf an Arturo aus, weil er ihr das auferlegt hat, und hat einen Ton, der die Selbstgefälligkeit und Verlassenheit offenbart, die zu erwarten waren und sie dazu zwingen, dass sich die falsche Ernsthaftigkeit ihrer Gesichtszüge zeigen. Wenn jemand anderes als sie beide ihre Worte hätte hören können, wären sie vielleicht skandalös, vielleicht grausam gewesen, aber es ist derselbe Tonfall, mit dem in einem unerreichbaren Moment vorhin und doch in einer kontinuierlichen Gegenwart sie mit ihrer kristallklaren Stimme und dem einwandfreien Akzent gesagt hatte 'I ADORE MYSELF!':

„Was für eine Erniedrigung!" erklärt sie. „Jeder, der will, bumst mich einfach!".

KARYATIDEN

Eines nachmittags im Januar, nach vielen Monaten, traf ich plötzlich auf der Straße auf Raúl. Es hatte geregnet und ein eisiger, scharfer Wind blies an jeder Straßenecke. Er war so gekämmt wie immer, und die Kälte schien ihm überhaupt nichts auszumachen. Da ich nichts zu tun hatte, lud ich ihn zu einer Tasse Kaffee ein.

Wir hatten es uns kaum gemütlich gemacht, und während ich meine Hände rieb und auf sie blies, um sie zu wärmen, fragte er mich, ob ich bereits das von Gabriela wüsste. Ich antwortete ihm, nein, was auch der Wahrheit entsprach; wie es auch der Wahrheit entsprach, dass ich gar nicht daran interessiert war, es zu wissen; aber draußen war es kalt und wir hatten nichts anderes zu bereden, also schwieg ich nach der ersten Antwort.

„Sie ist in einem Sanatorium", fuhr er fort.

„Warum?" fragte ich.

Er lächelte zufrieden.

„Sie hat Erick verlassen und ist verrückt geworden. Ist das nicht unglaublich?"

Obwohl ich nicht genauso dachte, hatte ich keine Lust, meine Gründe darzulegen, und antwortete nicht. Raúl redete weiter. Sein Kaffee in der Tasse wurde kalt, ohne dass er ihn berührte; ich trank meinen aus und rauchte mehrere Zigaretten. Schließlich sagte er so, als ob wir uns am nächsten Tag wieder sehen würden, er müsse gehen. Wir standen auf und ich begleiteten ihn zur nächsten Straßenkreuzung, wo er sich ein Taxi nahm.

Es war immer noch kalt, aber der Wind hatte nachgelassen, und ich entschied, dass ich zu Fuß nach Hause gehen könnte. Auf dem Weg dachte ich die ganze Zeit an Gabriela, an die Rivières, und ich bedauerte, Raúl nicht näher nach Elena gefragt zu haben. Es war eine angenehme Zeit damals, und die Erinnerung daran erfüllte mich mit einer gewissen Nostalgie.

* * *

Es war ausgerechnet Raúl, der mich in die Welt der Rivières, von Elena, Gabriela und Pablo, deren Vater, eingeführt hatte. Er war ein entfernter Cousin oder so ähnlich; aber natürlich hatte sein Charakter nichts mit dem ihren zu tun. Ich erinnere mich noch daran, wie überrascht ich war, als ich erfuhr, dass er solche Leute kannte. Denn die Rivières waren wirklich eine außergewöhnliche Familie. Pablo, der Vater, hatte als Einzelhändler ein Vermögen verdient, und dank dessen lebten sie in einem riesigen Haus. Aber als ich sie kennenlernte, konnte man nicht sagen, dass sie wirklich reich wären, denn er verdiente gerade soviel Geld, wie er für ausreichend hielt. Pablo hatte alles aufgegeben, um sich der Verwirklichung seines Lebenstraums zu widmen: Künstler zu sein, ganz allgemein, aber vor allem Bildhauer. Aus diesem Grund war das Haus überfüllt mit Gipsabdrücken, Bronzefiguren und Karyatiden, die nichts mehr trugen, sowie lebensgroßen Reproduktionen klassischer Skulpturen, die im heftigen Widerspruch zu dem bürgerlichen und konservativen Erscheinungsbild der Möbel, der bestickten Schutzhülle auf dem Flügel und dem überladenen kolonial-kalifornischen Baustil standen.

In dem Bemühen, seinen Traum zu verwirklichen, hatte Pablo einen großen Teil seines Lebens investiert und außerdem fast sein ganzes Geld ausgegeben. Er dachte jedoch nicht einen Moment mehr daran, wieder an etwas Produktivem zu arbeiten; er schloss sich jeden Morgen in seinem Atelier ein – ein riesiger Raum, in dem er jede Art von Reinigung, egal wie grundlegend, verboten hatte, so dass der Raum trotz der unzähligen Wertgegenstände, die darin gesammelt wurden, ein unbeschreibliches Aussehen hatte, und Pablo hatte neben Hunderten von wertlosen Skulpturen mehrere Gemälde gemalt und zwei eigene Bücher über die Hässlichkeit in der Kunst oder ähnliches geschrieben und bearbeitet. Er verabscheute die moderne Malerei, war hartnäckig und unnachgiebig bis zum Wahnsinn, ertrug die Dummheit seiner Frau mit einem Lächeln der Toleranz und des Mitgefühls (die sehr weise entschieden hatte, sich zurück zu halten und sich bestmöglich um das Haus zu kümmern, und dabei eine fast absolute Stille bewahrte). Trotz allem – obwohl ich das erst viel später bemerkte, waren seine drei Töchter mehr oder weniger stark in ihn verliebt. Mit seinem einzigen Sohn, Enrique, intelligent und praktisch veranlagt, sprach er kaum ein Wort und verachtete ihn fast so sehr wie seine Frau. Elena und Gabriela hingegen waren seine Lieblinge. Mit Carmen, der Ältesten, stand er auch in einer guten Beziehung, zumal ihr Mann, ein schlauer Faulpelz, der sich als Maler ausgab und sich durch kleine Anpassungen an die mexikanische Landschaft eine gewisse Erfahrung beim unbefugten Kopieren von Van Gogh erworben hatte, immer mit ihr übereinstimmte. Aber sie lebte in Toluca, und ihre Besuche waren nicht sehr häufig, obwohl sie unvermeidlich immer damit endeten, dass sie ihn um Geld anpumpte.

Als Raúl mich in das Hause brachte, stellte er mich als Schriftsteller vor, und das gab mir automatisch etwas Ansehen, obwohl ich eigentlich in einem Büro arbeitete, wo ich zwar schrieb, aber hauptsächlich Handelsbriefe. Mein Interesse an Literatur, Kunst und dergleichen war jedoch fast so groß wie das von Pablo, und die Atmosphäre des Hauses faszinierte mich sofort. Ich wurde nie wirklich ein Freund von Enrique, verliebte mich dafür aber fast in Elena und stand Gabriela auch sofort sehr nahe. Ich verbrachte meine ganze Freizeit in dem Haus, und wir unterhielten uns endlos. Sie war bereits verheiratet gewesen und hatte eine Tochter. Ihr Mann hatte nichts mit Kunst zu tun, aber ich glaube, er war sehr attraktiv. Etwa zwei Jahre lang waren sie glücklich gewesen. Ihre Tochter wurde geboren, und dann entdeckte sie, dass er sie betrogen hatte: Er arbeitete überhaupt nicht, sondern spielte, betrog im Spiel, und das ganze Geld, das er nach Hause brachte, war eben genau das Ergebnis dieser Spiele, obwohl er manchmal auch sauber gewann. Gabriela trennte sich von ihm, und kehrte mit ihrer Tochter in das Haus ihrer Eltern zurück.

Ein Jahr später wurde er wegen Komplizenschaft bei einem Betrug angeklagt und inhaftiert. Mit dieser Ausrede reichte sie die Scheidung ein und bekam ganz leicht das Sorgerecht für das Mädchen. Zwei Jahre waren seitdem vergangen. Luis, der Ehemann, war noch im Gefängnis und Gabriela versuchte, ihn so wenig wie möglich zu erwähnen, auch wenn sie dies nicht immer hinbekam. Ihre Tochter, ein außerordentlich nervöses Mädchen mit einem ängstlichen Gesicht und einem flüchtigen Blick, streifte den ganzen Tag mit einer Puppe im Arm zwischen den Gipsabdrücken und Bronzefiguren umher und rannte weg, sobald jemand sie ansprach. Gabriela nahm inzwischen Gesangsunterricht und träumte davon, eines Tages ihr Debüt in der Oper zu geben und vor allen im Allgemeinen und ihrem Vater im Besonderen zu glänzen. Dafür probte sie bei Hochzeiten, Taufen und jeden Sonntag in einem Kirchenchor. Sie hatte eine schöne, klangvolle Stimme, und hätte vielleicht sogar Sängerin werden können.

Elena, das glaube ich immer noch, war wunderbar; aber

so schüchtern wie Gabrielas Tochter. Als ich sie kennenlernte, war sie fünfzehn Jahre alt, ging auf eine weiterführende Schule und nahm Klavierunterricht. An manchen Nachmittagen, nach langem Betteln, schaffte Gabriela es, dass sie einen Moment für uns spielte. Sie begann mit viel Begeisterung, aber immer, kurz vor dem Ende, drehte sie sich plötzlich zu uns um, senkte lächelnd ihre Augen, und zwischen schüchtern und verlegen sagte sie zu uns: „Seht ihr... Ich kann nicht", und kehrte zu ihrem Stuhl zurück, um mit wachen Augen all dem zuzuhören, was wir sagten, ohne uns in irgendeiner Weise zu unterbrechen. Ich versuchte, mich selbst davon zu überzeugen, dass sie nur ein kleines Mädchen war, aber eigentlich war sie diejenige, die ich treffen wollte.

Manchmal machte Pablo eine Ausnahme, und mit seinen langen, ungepflegten grauen Haaren, die ihm in die Stirn fielen, gekleidet als Künstler, mit einfachen Stiefeln, schmutzigen Jeanshosen und einem dunkelblauen, mit Gips befleckten Pullover, kam er aus seinem Atelier herunter; er setzte sich zwischen uns, strich sich sein Haar mit einer müden Geste aus der Stirn und fragte mich nach meiner Meinung über ein Buch oder eines seiner jüngsten Werke. Ich versuchte, mich auf die bestmögliche Art aus der Affäre zu ziehen, indem ich nur Unbestimmtes sagte, das ihn nicht stören würde, aber er war gar nicht an meinen Antworten interessiert. Er nahm einfach seine Frage als einen Anknüpfungspunkt - aber nicht ohne eine gewisse Feierlichkeit - und während er ununterbrochen weitersprach, zerstörte er Picasso, Braque und sogar Orozco und Rivera (obwohl er wie letzterer dachte, dass die Kunst einen sozialen Sinn haben sollte, und in seinem Buch über die Hässlichkeit die Schönheit der Figuren jener verschwitzten Arbeiter gelobt hatte, die mit dem Hammer in der erhobenen Hand bereit waren, auf einen Stein oder auf den

Kopf irgend eines Kapitalisten zu schlagen. Stattdessen verachtete er die Sanftmut der vielen nutzlosen Jungfrauen aus der Renaissance). Gabriela und Elena hörten ihm gebannt zu, und Lolita, die Ehefrau, ging plötzlich vor uns vorbei,wie ein stiller Geist, besorgt um so Albernheiten wie das Abendessen oder die Kleidung, die in die Reinigung gegeben worden war. Inzwischen war es Nacht geworden; von der Straße kam entfernt und gedämpft das Geräusch des Verkehrs; die Lichter der Autos ließen die Bronze von Elenas Büste, die ihr Vater gemacht hatte, für einen Moment aufleuchten, und ich dachte, dass alles sehr interessant und anregend sei.

Enrique seinerseits organisierte gelegentlich auch Treffen. Pablo gab die Erlaubnis, schloss sich aber in seinem Zimmer ein, mürrisch und schmollend, und beklagte das Vulgäre im Geist der Freunde seines Sohnes. Lolita, die sich freute, ihr Können als Hausfrau unter Beweis stellen zu dürfen, bediente die Gäste mit äußerster Freundlichkeit; aber sie wurde wütend, wenn ein Mädchen nicht zum Tanz aufgefordert wurde, und drohte, alle hinauszuwerfen, wodurch sie schließlich eine etwas unangenehme Atmosphäre der Unruhe schuf. Gabriela teilte die Meinung ihres Vaters, kam aber immer hinunter, allerdings sehr in der Rolle der älteren Schwester, ernsthaft und interessiert an anderen Dingen. Elena, immer noch mit Söckchen, saß in einer Ecke und beobachtete alles einfach. Ich, der ich auch mit Raúl zugegen war, befreite mich von der Verpflichtung zu tanzen, indem ich mich mit Gabriela unterhielt.

Die Partys waren im Allgemeinen, wenn auch nicht sehr lustig, so zumindest aber ziemlich laut. Enriques Freunde hatten ein afro-kubanisches Musikensemble gegründet; sie stellten die Möbel gegen die Wand, und alle sprangen und schwitzten und versuchten, seinen Rhythmen zu folgen. Enrique näherte sich manchmal Gabriela und mir und versuchte, uns zum Tanzen zu bewegen, indem er lauter als die Musik schrie. Wir hörten auf ihn. Gabriela tanzte sehr gut, und ich spürte sie gerne in meinen Armen; aber plötzlich fing sie an, mitleidig über Luis zu sprechen, was ihre Sehnsucht nicht verbergen konnte, und dann verglich sie ihn mit ihrem Vater, und legte schließlich ihre Hand an meinen Hals und drückte sich gegen mich. Obwohl mir das nicht missfiel, war die Situation so zweideutig, dass ich lieber aufhörte zu tanzen und zu unseren üblichen Gesprächen zurückkehren wollte.

„Kennst du den Briefwechsel zwischen André Gide und Rainer Maria Rilke?"

„Ja", log ich.

„Er ist wunderbar, nicht wahr? Aber natürlich ist Rilke der wirklich Außergewöhnliche. So jemanden zu kennen... Das wäre es wirklich wert." Sie lächelte und legte ihre Hand auf meine Hände. „Nichts für ungut, ehrlich." Sie machte eine Pause und fuhr dann mit absoluter Natürlichkeit fort: „Ich ertrage den Mangel an Feinfühligkeit nicht. Deshalb könnte ich mich auch nur in jemanden wie Papa verlieben."

Die Paare sprangen immer weiter um uns herum. Sie, die von alldem nichts mitbekam, verlor sich in endlosen Geschichten über ihre Kindheit, die Jugend ihres Vaters und wie wunderbar alles damals war, obwohl er eine Reihe von unsinnigen Arbeiten hätte verrichten müssen, die ihm egal waren und nur seine Zeit vergeudeten. Obwohl ich nicht aufhörte, Elena zu beobachten, erschien auch mir damals alles sehr faszinierend; aber schließlich, ohne es zu merken, kam Gabriela auf die Zeit mit Luis zu sprechen und wechselte damit das Thema. Ich denke, dass sie in Wirklichkeit, bis sie sich von ihm getrennt hatte, nie in der Lage gewesen war, Luis von ihrem Vater zu unterscheiden, und genau diese Tatsache hatte letztendlich zum Bruch geführt.

Raúl fragte mich, ob ich in sie verliebt sei; und da ich ihm nie sagen wollte, dass Elena diejenige war, die mir wirklich wichtig war, zog ich es vor, ihn im Unklaren zu lassen. Er war ein sehr schwieriger Mensch, und obwohl wir einst sehr gute Freunde waren, standen wir uns nie wirklich sehr nahe. Deshalb unternahm ich nichts, um die Freundschaft wieder aufleben zu lassen, als wir uns aus Gründen, die nicht hierher gehören, nicht mehr trafen.

Schließlich traf Gabriela im Kirchenchor auf Erick, der einer der Baritone war, und begann, mit ihm auszugehen. Unsere Beziehung kühlte sich ein wenig ab, aber dieses Ereignis gab mir die Möglichkeit, Elena öfter anzusprechen, die herauskam, um die Tür zu öffnen, wenn Gabriela nicht da war. Sie verlor nie ihre Schüchternheit, und in Wirklichkeit sprachen wir zuerst sehr wenig; aber sie setzte sich neben mich und langsam brachte ich sie dazu, mir Dinge über sich selbst zu erzählen. Sie bewunderte ihren Vater genau so wie Gabriela und genauso krank wie sie; aber sie liebte auch ihren Bruder, und der Mangel an Verständnis zwischen ihm und Pablo ließ sie leiden. Ich erkannte, dass sie sehr einsam und manchmal auch sehr unglücklich war, obwohl sie das vor niemandem zugeben konnte. Pablo wollte sie zu einer großen Pianistin machen, und Elena spielte gerne; aber die Idee, es in der Öffentlichkeit zu tun, erfüllte sie mit einer unbesiegbaren Angst. Sie erzählte mir einige Dinge, die ich bisher noch nicht über Gabriela wusste, und auch, dass Carmen, ihre Schwester, einmal versucht hatte, aus Geldmangel Selbstmord zu begehen, und ihr Vater seitdem ihr einen monatlichen Betrag zusteckte. Eigentlich wollte sie trotz ihrer Angst nur ein Mädchen wie jedes andere sein, das Tanzveranstaltungen besuchte, Liebhaber hatte und diese Dinge ohne Bedenken genießen konnte, nur dass in ihrem Haus diese Wünsche eine irreparable Schande waren und sie deshalb immer so tat, als würde sie all dies verachten.

„Als ich noch klein war", sagte sie zu mir, „ging ich immer in den Gemüsegarten des Hauses in Toluca und dachte, dass Bäume und Vögel und Wolken sprechen können sollten, um uns zu antworten, wann immer wir das wollen. Enrique und ich haben uns damals sehr gut verstanden. Wir lebten praktisch in den erklommenen Bäumen. Einmal hat er mich in einen gesetzt und mich dort gelassen, und ich habe stundenlang geweint, weil ich nicht wieder herunterkommen konnte. Dann hatte er schreckliche Angst, dass ich ihn beschuldigen würde. Wie könnte ich, Enrique ist der Beste. Es ist ein Jammer, dass sich alles so sehr verändert hat. Wenn wir wieder Kinder sein könnten..."

Inzwischen besuchte Erick Gabriela auch bereits zu Hause und nahm an den von Enrique organisierten Treffen teil, also widmete ich mich ganz Elena. Bei einer dieser Partys habe ich zum ersten Mal mit ihr getanzt. In dieser Nacht kam sie ohne Söckchen runter, und ich denke, wir hatten beide eine wunderbare Zeit.

Beim Aufbruch erzählte mir Raúl, dass Lolita sich an ihn gewandt und ihm erklärt hätte, dass sie es nicht mochte, dass ich mich so sehr um Elena kümmerte, weil sie noch sehr jung sei und sie alle schließlich nichts über mich wussten. Ich habe überhaupt nicht auf ihn gehört.

Ich besuchte Elena wie bisher, bis eines Nachmittags Pablo plötzlich auftauchte und sie bat, uns allein zu lassen. Wie immer trug er seinen dicken, dunkelblauen Pullover und hatte seine Hände, Hosen und Stiefel voller Gips.

„Du weißt, dass ich nicht gerade einen sehr bürgerlichen Geist habe und die Vorurteile vieler Menschen nicht teile", begann er. „Aber meine Frau... nun, du kennst sie inzwischen. Es hat keinen Zweck; wir werden nie etwas aus ihr herausbekommen. Sie ist auf eine ganz bestimmte Weise erzogen worden, und es ist unmöglich, sie zu ändern. Mir missfällt das alles sehr, es passt nicht zu meinem Charakter oder zu meinen Ideen; aber in gewisser Weise hat sie Recht, und ich denke, wenn auch aus anderen Gründen, dasselbe wie sie. Du weißt, dass ich bestimmte Projekte für Elena habe, und ich möchte nicht, dass sie nicht in Erfüllung gehen. Sie ist noch ein Kind, ein sehr sensibles und sehr intelligentes Mädchen, aber noch ein Kind. Bei Gabriela war das etwas anderes. Ich denke, sie weiß schon, was sie tut, und du hast ihr sogar sehr gut getan. Aber mit Elena ist das etwas anderes. Nun ja, meine Frau denkt, dass du sie nicht so oft besuchen solltest. Sie könnte sich Dinge vorstellen und... Du bist ein intelligenter Junge und verstehst mich, nicht wahr?"

Ich hatte es satt. Als er angefangen hatte, hatte ich den Drang verspürt, die Rolle des rebellischen Liebhabers zu übernehmen, aber am Ende war ich einfach nur verärgert und wollte nichts mehr von all dem wissen.

„Ich verstehe", sagte ich, „aber ich hatte nicht..."

Pablo ließ mich nicht ausreden.

„Ich möchte nicht, dass du mich missverstehst. Ich will nicht sagen, dass du nicht mehr herkommen sollst. Hier wirst du von allen geschätzt. Du sollst nur... wie soll ich sagen, zwischen deinen Besuchen ein bisschen mehr Zeit verstreichen lassen, damit Elena nicht denkt, dass du... vielleicht andere Interessen hast."

Ich verstand alles; aber jetzt war ich verärgert und wollte es nicht zugeben.

„Das ist nicht nötig", antwortete ich. „Ich verspreche, dass ich nicht zurückkommen werde."

Pablo gab sich einen Ruck.

„Wie du willst", schloss er.

Ich hatte nicht erwartet, dass er so reagieren würde; aber da er es getan hatte, gab es nichts mehr zu sagen. Ich verließ das Haus und beschloss, nicht zurückzukommen und zu versuchen, Elena irgendwo außerhalb des Hauses zu treffen.

Doch ich ließ eine Woche verstreichen, ohne etwas zu tun, und eines Nachmittags rief mich Gabriela an und bat mich, sie zu besuchen. Sie sagte mir, sie wisse, was zwischen ihrem Vater und mir passiert sei und wolle mit mir sprechen, aber wollte am Telefon nichts weiter erklären.

Das war im März. Es war staubig und sehr heiß. Ich war schweißgebadet, während ich zu ihrem Haus ging, und fühlte mich schmutzig und war schlecht gelaunt, als ich ankam. Ich klingelte und Gabriela kam persönlich heraus, um mir zu öffnen. Sie sagte, sie wolle nicht, dass mich jemand sähe, und brachte mich auf ihr Zimmer.

„Elena und Mama sind ausgegangen", erklärte sie mir, sobald wir in ihrem Zimmer waren. „Ich möchte dich etwas fragen."

Ich fragte sie direkt, was es sei, aber sie zog es vor, die Mysteriöse zu spielen. Sie antwortete, dass sie es mir später sagen würde und begann, mich zu fragen, wie die Szene mit ihrem Vater gewesen wäre. Alles war absurd. Sie saß auf dem Bett, ließ mich jedes Wort tausend Mal wiederholen und fragte mich schließlich, ob ich wüsste, dass sie Erick heiraten würde, und dass ihr Vater zugestimmt hätte. Plötzlich wurde mir klar, was eigentlich passiert war, dass sie mich nämlich nichts fragen wollte, sondern eifersüchtig war! Es störte sie, dass Pablo dagegen war, dass ich Elena besuchte und ihr stattdessen erlaubte, Erick zu heiraten, obwohl er natürlich nichts wirklich mitbekam.

„Es stört mich, dass sich ein Mann wie er um solchen Unsinn kümmert", sagte sie.

Ich sah sie an, ohne zu wissen, was ich sagen sollte. Sie war sehr aufgeregt.

„Was hältst du von meiner Hochzeit?" fuhr sie fort.

„Ich weiß nicht. Magst du ihn?" fragte ich.

„Vielleicht. Erick hat eine wunderbare Stimme und ist sehr sensibel. Aber er will, dass wir nach Puebla ziehen."

Nur um etwas zu sagen, fragte ich sie ganz dumm, was sie mit dem kleinen Mädchen machen wolle.

„Ich werde sie mitnehmen", antwortete sie.

Mir fiel nichts weiter ein. Wir hatten noch nie zuvor über diese Dinge gesprochen, und es war mir eigentlich auch egal. Gabriela zog ihre Beine auf das Bett und lehnte sich an die Wand. Eine Strähne war auf ihre Stirn gefallen; die Aufregung ließ ihre Augen glänzen und plötzlich begann ich, sie zu begehren. Sie fuhr mit der Hand durch ihr Haar, ohne ihre Strähne zu richten.

„Ich verstehe nicht, warum mein Vater dir das angetan hat", meinte sie nach einer Pause grundlos. Und dann fügte sie hinzu: „Was hältst du von meiner Hochzeit?"

Ohne darüber nachzudenken, stand ich vom Stuhl auf, auf dem ich gesessen hatte, und setzte mich neben sie auf das Bett.

„Was hältst du selbst denn davon?"

„Ich weiß nicht... Ich weiß nicht... Deshalb frage ich dich ja. Du musst mir helfen. Luis wird aus dem Gefängnis freikommen."

Ich nahm ihre Hand und sie drückte meine.

„Was hältst du davon? Sag es mir. Was meinst du dazu?" sagte sie und sah mir in die Augen.

Ich antwortete nicht, beugte mich über sie und küsste sie auf den Mund. Nach einem Moment schob sie mich zur Seite und brach in Tränen aus.

„Erick ist so gut, so gut... Geh jetzt! Geh!"

Ich ging aus dem Zimmer und traf auf der Treppe auf Elena und ihre Mutter. Ich begrüßte sie verstört. Elena ging mit mir zur Tür, fragte mich, warum ich nie mehr wiedergekommen wäre, und ich versprach ihr, sie eines Tages von der Musikschule abzuholen; aber dann hatte ich Angst, dass Gabriela ihr etwas gesagt haben könnte und löste mein Versprechen nie ein. Im April erfuhr ich, dass Gabriela und Erick heirateten, erhielt aber keine Einladung zur Hochzeit und kehrte nie in das Haus der Rivières zurück.

Das war vor fast zwei Jahren. Raúl erzählte mir, dass am Ende das Geld, welches Pablo angesammelt hatte, vollständig ausgegeben war; aber er arbeitete immer noch an seinen Skulpturen, ohne einen einzigen Schritt weiter zu kommen. Jetzt war es Enrique, der das Haus finanziell unterhielt. Dazu hatte er sich mit Luis, Gabrielas erstem Mann, zusammengetan, der mit viel Geld aus dem Gefängnis gekommen war; sie hatten zusammen ein Möbelgeschäft. Elena nahm nach wie vor Klavierunterricht und hatte einen Freund. Er war ein Chemiker, ein hervorragender Mensch, der sich ebenfalls nicht für Kunst interessierte. Gabriela ging mit Erick nach Puebla, bekam einen Sohn mit ihm, und als sie erfuhr, dass Enrique sich mit Luis zusammengetan hatte, gelobte sie, nie wieder einen Fuß in das Haus ihrer Eltern zu setzen. Dann aber trennte sie sich von Erick – anscheinend war er nicht nur sexbesessen, sondern trank auch und, laut Gabriela, schlug er sie sogar – vergaß ihr Versprechen und kehrte zum zweiten Mal, jetzt mit zwei Kindern, in die riesigen Räume des kolonial-kalifornischen Hauses zurück, die mit Statuen und Gipsabdrücken gefüllt waren. Sie hatte mit dem Singen aufgehört. Sie wollte ihrem Vater Modell stehen, auch als Aktmodell, und daher wurde sie dann ins Sanatorium eingewiesen.

Die Erinnerungen, die durch Raúls Geschichte hochkamen, weckten in mir den Wunsch, Elena sehen zu wollen; aber ich wagte es nicht, zu ihr nach Hause zu gehen, und ich musste warten, bis der Unterricht in der Musikschule wieder begann. Schließlich ging ich eines Nachmittags hin und wartete mehr als eine halbe Stunde lang auf sie, an den Stamm eines Jacarandabaumes gelehnt. Es war wieder März, und es wurde schon wieder heiß. Die letzten Sonnenstrahlen ließen die Fenster der Schule erstrahlen. Als ich sie herauskommen sah, spürte ich eine seltsame Aufregung. Sie war sehr groß geworden und hatte jetzt kurze Haare, aber sie war immer noch wunderbar.

Aber ich schaffte es nicht, sie anzusprechen, und ich glaube auch nicht, dass sie mich gesehen hat. Als sie herauskam, ging sie direkt auf ein Auto zu, das ich nicht einmal bemerkt hatte. Ein Junge stieg aus, öffnete ihr die Tür, half ihr beim Einsteigen und schloss sie wieder. Ich wartete nicht darauf, dass es losfuhr. Ich verstand, dass das andere Zeiten gewesen waren, und sich die Dinge seither geändert hatten; ich drehte mich um und ging zurück nach Hause.

BILDER VON VANYA

Der erste Eindruck von Vanya war für Jorge das Ergebnis eines puren Zufalls. Es war ein sonniger, fröhlicher Mittag. Die Blätter der Eschen am Rand des Bürgersteigs leuchteten und gaben ein Gefühl des Wohlbefindens, das sich auf ihnen widerspiegelte, was aber auch vielleicht von den Menschen kam, die in ihren Schatten Zuflucht suchten. Es war besser, zu Fuß zu gehen, als einer derjenigen zu sein, die in der Hitze der Autoschlange litten. Beim Gehen konnte man den Schatten suchen. Als Jorge um eine Ecke ging, während er, nachdem er einen Kaffee getrunken hatte, ohne ein bestimmtes Ziel einfach herumlief, traf er auf einen Freund in Begleitung von Vanya. Alle waren sie in schlichte Sommerkleidung gekleidet. Der Freund stellte ihm selbstverständlich Vanya vor. Sie sah sehr hübsch aus, hatte kurzes blondes Haar, klare Augen, eine Stupsnase und einen nicht zu großen aber gut geformten Körper. All dies bemerkte Jorge. Obwohl sie Ausländerin war, was sowohl ihr allgemeines Aussehen als auch ihr Vor- und Nachname zeigten, die der Freund bei ihrer Vorstellung Jorge gegenüber genannt hatte, war ihr Spanisch perfekt, nur der Tonfall ihrer Stimme stellte sich als etwas ausdruckslos heraus. Schon bald machte der Freund ihr klar, dass er sich von ihr verabschieden wolle. Jorge konnte sie einen Augenblick länger betrachten, bis sie sich ohne eine weitere Bemerkung abwandte, der Anspielung – oder dem Befehl? – des Freundes von Jorge folgend. Sie war hübsch, ohne Zweifel. Noch eines dieser hübschen Mädchen. Es gab genug von ihnen. Hübsch sein war keine so große Seltenheit in diesem Alter, nahe der oder gerade über die dreißig Jahre. Man hätte als die Hauptattraktion von Vanya den exotischen Charakter ihrer Schönheit erachten können. Der Freund von Jorge schien nicht bereit zu sein, weiter über sie zu sprechen. Er schlug Jorge vor, ihn in eine Bar zu begleiten, wo er mit seiner Ex-Frau verabredet war. Jorge stellte sich Vanya als die Geliebte seines Freundes vor und spürte eine gewisse Bewunderung, einen gewissen Neid, schließlich war Schönheit immer Schönheit. Er fragte ihn nichts über Vanya, als er ihn zu der Bar begleitete, in der er mit seiner Ex-Frau verabredet war. Diese freute sich, als sie ihren Ex-Mann in Begleitung von Jorge sah. Die drei waren schon seit langem befreundet, und das ehemalige Paar wusste von der erst mehr oder weniger kurz zurückliegenden Scheidung von Jorge. Sogar darin konnten sie als übereinstimmend betrachtet werden. Jorge verstand sich ebenfalls nach wie vor gut mit seiner eigenen Ex-Frau, alle vier hatten zwei Kinder je Paar, und der einzige Unterschied war, dass Jorge zwei Jungen und sein Freund zwei Mädchen hatten. Sie tranken zusammen, Jorge lud sie zum Essen ein und alles endete, als Jorge sich, fast benebelt vom Alkohol, von seinem Freund und dessen Ex-Frau verabschiedete. Wie zu erwarten war, wurde über Vanya nicht gesprochen, und Jorge dachte nicht weiter an sie. Sie musste die Geliebte seines Freundes oder eine Gelegenheitsbekanntschaft sein.

* * *

Er traf Vanya ohne seinen Freund bei einem Treffen einiger weniger Leute in dem Apartment eines anderen Freundes wieder. Das Treffen war den vielen anderen dieser Art sehr ähnlich. Jeder sprach über das allgemeine Zeitgeschehen oder über die Beschäftigung der meisten hier Anwesenden: Geschichte. Nur die Anwesenheit von Vanya war neu. Sie hatte Jorge erkannt und begrüßt, sobald er eintrat. Sie trank nicht, sprach kaum, musterte alle, und Jorge musterte sie. Sehr oft steckte sie sich Erdnüsse oder Pistazien in den Mund. Ihre Unwissenheit über Geschichte als Gesprächsthema war offensichtlich. Was tat sie also in dem Apartment dieses anderen Freundes von Jorge? Jorge dagegen, genauso wie sein Freund, trank - und das ausgiebig. Ab einem gewissen Zeitpunkt saß er neben Vanya. Sie redete immer noch nicht. Ohne Zweifel, sie war attraktiv: ihre Stupsnase, das blonde Haar. Sie trug einen grauen Rock und eine weiße trägerlose Bluse und lachte ohne Grund. Ihr Lachen wirkte in seinem Ton und seiner Art albern, trotzdem versuchte Jorge mit ihr Händchen zu halten. Vanya schob die seine einfach weg, blieb aber neben Jorge sitzen.

„Zieh deine Bluse aus" schlug Jorge vor, als er betrunken genug war.

„Ach, Jorge, wie kannst du es wagen, solche unmöglichen Dinge vorzuschlagen", antwortete Vanya und entfernte sich von ihm.

Jorge folgte ihr mit seinen Augen, nachdem er auf ihre Antwort hin nur mit den Achseln gezuckt hatte. Er trank noch mehr, sprach über Geschichte, ohne zu versuchen, die Stimmung des Treffens zu ändern, und beobachtete Vanya von weitem, während sie allem mit vermeintlichem Interesse zuhörte, ohne irgendetwas zu kommentieren. Wie viel besser und nützlicher für die Stimmung des Treffens wäre die Annahme des Vorschlags von Jorge gewesen, ungewöhnlich und so weiter! Vanya hätte viel in seiner Bewunderung gewonnen; er hätte sie sofort umarmt, und wer hätte die Ereignisse von da an vorhersagen können? Aber die Wirklichkeit war nicht vergleichbar mit der Vorstellung von Jorge. Das musste sogar er eingestehen.

Trotzdem kam die heutige Welt dieser Vorstellung immer näher. Sollte also daraus eine wachsende Perversität in dieser Welt hervorgehen? Verloren in seinen Überlegungen, hörte Jorge sogar auf, über Geschichte zu sprechen und hüllte sich wie Vanya in Schweigen, ohne dabei grundlos zu lachen oder Erdnüsse, Pistazien oder vergleichbares zu essen, sondern weiter zu trinken und die Teilnehmer des Treffens zu beobachten. Viele waren mit ihren Frauen da, andere waren geschieden, es gab Ledige und alleinstehende Frauen. Ein etwas anderes Zusammentreffen, trotz der Nähe der verschiedenen Berufe. Mittendrin wurde Jorge weiter von Vanyas Figur provoziert. Sie war zweifellos attraktiv; sie war sehr wahrscheinlich eine dumme Gans, und das war auch schon das Ende seiner scharfsinnigen Schlussfolgerungen, er konnte sie sich noch nicht einmal ohne Bluse vorstellen.

Kurz darauf stand Vanya auf, um zu gehen, verabschiedete sich von dem Eigentümer des Apartments und von einigen Bekannten und ließ schließlich ihre Hand in der von Jorge, als sie sich auch von ihm verabschiedete. Sobald er konnte, befragte Jorge Alfonso, den Eigentümer des Apartments, nach Vanya. Dieser wusste allerdings wenig über sie außer den naheliegenden Angaben. Vanya wohnte ganz in der Nähe von Alfonsos Apartment, war geschieden von einem Unbekannten aus Monterrey, hatte drei Kinder, mit denen sie zusammen wohnte, aber er kannte weder den Grund ihrer Scheidung noch den ihres Wechsels in die Hauptstadt. Er hatte sie Raúl vorgestellt, dem anderen Freund von Jorge, und Alfonso nahm an, dass Vanya die Geliebte von Raúl war, aber kannte nicht den Grund, warum Raúl bei dem Treffen abwesend war. Vanya kam aus Los Angeles, allerdings wusste Alfonso nicht, wie sie zuerst nach Los Angeles, dann nach Monterrey und nach ihrer Scheidung in die Hauptstadt gekommen war. Das war alles. Was war Jorges Interesse, warum befragte er Alfonso so eingehend?

„Ich weiß es nicht", antwortete Jorge. „Sie ist hübsch, findest du nicht?"

„Hübsch, dumm und verfügbar, denke ich, angesichts von Raúls Abwesenheit. Mich interessiert sie aber nicht, du kennst meine Gründe", bemerkte Alfonso.

Jorge sprach nicht weiter über dieses Thema, er wusste jetzt alles, was Alfonso wusste, und damit war es genug. So sehr interessierte Vanya ihn nun auch wieder nicht.

* * *

Er sah sie erneut in dem Apartment von Alfonso, wieder ohne Raúl, und wieder sprach Vanya fast kein Wort, ihr Lachen war ständig zu hören und immer ohne Grund. Sie trug ein Kleid mit grünen und weißen Streifen, wieder ohne Träger, mit einem weiten Ausschnitt und Knöpfen auf der ganzen Länge der Vorderseite, keine Strumpfhose, und ihre Schuhe zeigten einige bemalte Fußnägel. Jorge forderte sie zu nichts Ungewöhnlichem auf; er setzte sich neben sie, und die Antworten von Vanya auf seine Gesprächsversuche waren immer nur ganz allgemein gehalten. Die Schönheit von Vanya war nicht zu verachten; aber sie übertrieb es mit ihrer Albernheit. So wie Jorge diese Schönheit interessierte, so interessierte ihn auch die Unterwürfigkeit, die Vanya zeigte, als Raúl sie ihm vorstellte. War er bereit, ihre Albernheiten zu ignorieren? Aber daran dachte er nicht, als er sich anbot sie zu begleiten, sobald Vanya die kleinsten Anzeichen zeigte, sich verabschieden zu wollen. Es waren nur sehr wenige Teilnehmer bei dem Treffen und Vanya stimmte zu. Ihr Kleid bestand aus grünen und weißen Streifen und ihr Mantel, den sie beim Gehen darüber zog, war rot. Jorge kam ihr in dem Aufzug nicht zu nahe und nahm sie auch nicht beim Arm, als er sie nach Hause begleitete und nur das Nötigste sprach. Das blonde Haar von Vanya, ihr angenehmes und attraktives Gesicht mit den klaren Augen, die Stupsnase. Würde sie ihn einladen, mit hoch in ihr Apartment zu kommen? Man konnte auf die frühe Stunde hoffen. Trotzdem erwartete Jorge dies nicht, was sich auch als richtig erwies, denn Vanya verabschiedete sich von ihm an der Tür zu ihrem Wohngebäude, nachdem sie gerade einmal zwei Blocks geradeaus immer im Wechsel mal unter Eschen, mal unter Palisanderbäumen gelaufen waren, immer im Licht der Laternen zwischen den Blättern.

„Danke, Jorge", sagte Vanya, als sie ihm die Hand reichte und ohne Grund zu Lachen anfing.

Danach hatte sie bereits die Tür des Gebäudes geschlossen und Jorge stand alleine auf der Straße. Er erwog und verwarf gleich wieder die Möglichkeit, zurück zum Apartment von Alfonso zu gehen und begab sich zu Fuß zu seinem bescheidenen Apartment, dem Apartment des kürzlich Geschiedenen.

* * *

Er traf Vanya das nächste Mal auf einer Party, wo auch getanzt wurde. Sie kam wieder ohne Raúl. Jorge forderte sie zum Tanzen auf. Diesmal fragte er sie nach Raúl. Er sei in New York, antwortete Vanya, ohne eine Überraschung über die Frage zu zeigen. Die Musik war sehr laut, und Jorge tanzte schlecht; außerdem gab es während des Tanzes keine Möglichkeit, sich der tanzenden Vanya zu nähern. Glücklicherweise hatte sie auch keine besonderen tänzerischen Fähigkeiten. Sie setzten sich sehr bald wieder hin.

„Ganz schön heiß", meinte Vanya verdächtig mit einer perfekten Betonung.

Jorge kannte bereits ihre Unfähigkeit, sich trotz dieser Betonung zu unterhalten. Da waren noch viele andere Leute auf der Party, warum beharrte er nur darauf, mit Vanya zusammen zu sein? Die Antwort könnte so erklärbar sein wie die Qualität des Spanischen von Vanya. Sie antwortete auf Jorges Frage, dass sie schon immer Spanisch gesprochen habe. Sie sagte aber den Grund nicht, und Jorge fragte sie auch nicht danach. Jorge war schon immer an Frauen von Vanyas Typ und Figur interessiert gewesen, auch wenn seine Ex-Frau nicht gerade dieser Typ war. Vielleicht war sie deshalb seine Ex-Frau. Tatsache war, dass er, weil er eine Ex-Frau hatte, das Auto der Ex-Familie mit ihr teilte und es bei dieser Gelegenheit dabei hatte. Dieses Mal bat Jorge Vanya nicht, ihre Bluse auszuziehen. Sie trug ein hellblaues Seidenkleid, ärmellos wie immer. Sie sah sehr blass aus und das Kleid war bis zum Hals geschlossen, ließ aber die Linien ihres Körpers sehen oder folgte ihnen. Wäre es möglich, dass Vanya genauso eine Hure wie eine Närrin war? Jorge machte sich daran, es sofort herauszufinden und schlug vor, in seine Wohnung zu gehen. Vanya war so was von eine Hure wie eine Närrin. Sie akzeptierte auch sofort. Trotzdem ließ sie sich von Jorge nicht küssen oder berühren, weder im Aufzug noch im Auto oder in der Wohnung. Sie waren kaum angekommen, und als Jorge es bereits als nah und unvermeidlich betrachtete, Vanya in Besitz zu nehmen, überraschte sie ihn, indem sie sagte:

„Tut mir leid, Jorge. Sollen wir nicht besser einen Kaffee trinken gehen?"

Jorge musste den Verzicht auf das, was so unvermeidlich schien, akzeptieren und Vanya erlauben, anzunehmen, dass es für ihn dasselbe war, einen Kaffee zu trinken, wie diese begehrenswerte Figur auch nach ihrem unerwarteten Vorschlag zu benutzen. Es war zu spät. Sie gingen in eines dieser Restaurants, die immer geöffnet sind, Tag und Nacht.

Jorge erinnerte sich in Gedanken an den Text eines Bolero aus seiner Jugend: „Bei Nacht und bei Tag / wie eine Melodie / wenn ich ein Parfüm einatme / wenn ich andere Lippen küsse / wenn ich traurig bin / wenn ich Freude habe / erinnere ich mich an dich." Warum erinnerte er sich plötzlich an dieses Lied? Er war sich nicht einmal sicher, wie genau dieser Vers ging. Er war sich nur des Autors sicher: Gonzalo Curiel. So funktioniert die Erinnerung, dachte Jorge: auf unerwartete und unentgeltliche Weise, mit einer Originalität, die Vanyas würdig ist. Vanya saß am anderen Ende der Sitzbank, und ihre Tasche und ihr roter Mantel trennten sie von Jorge. Trotzdem hätte er nicht versucht, an Vanya heranzukommen. Sie roch nach keinem Parfüm; Jorge hatte noch nie ihre Lippen geküsst. Er dachte immer wieder an das Lied von Gonzalo Curiel.

„Findest du meine Reaktion verrückt?", fragte Vanya, als sie das Lächeln bei Jorge sah, das durch die Bestätigung, weiterhin über das Lied von Gonzalo Curiel nachzudenken, provoziert worden war: *Bei Nacht und bei Tag.*

Night and day war ein anderes amerikanisches Lied. Vanya würde sicherlich Englisch können, würde Russisch können, sie war eine Närrin und hatte Jorges Wohnung verlassen. Er war aber ein größerer Idiot gewesen, indem er ihren Vorschlag, einen Kaffee trinken zu gehen, angenommen hatte. Dennoch antwortete er:

„Überhaupt nicht. Du hast es einfach bereut, dort zu sein. Ich verstehe dich sehr gut", log er.

Vanya lächelte unerklärlicherweise.

„Das ist eine Antwort, die deiner würdig ist", sagte sie, auch unerwartet.

In dem Restaurant, in dem sie nur Kaffee tranken, ließ Vanya ihren Mantel und ihre Tasche auf dem Stuhl neben sich liegen. Jorge erinnerte sich später nicht mehr daran, worüber sie sprachen, nicht einmal unbewusst, und plötzlich, wie immer, kamen ihm einige Lieder in den Sinn. Vielleicht, weil ihr Gespräch sich nicht reimte. Er war sich jedoch sicher, dass Vanya ihm nichts Vertrauliches enthüllt hatte: Er erfuhr nie den Namen ihres Ex-Mannes, nie den Namen ihrer Eltern, nie den Grund, warum sie Los Angeles zum Leben gewählt hatten, nie, wann Vanya nach Monterrey gezogen war. Sie wusste sicher alles über ihn durch Alfonso, ein fast professionelles Klatschweib. Nachdem sie das Restaurant verlassen, das Auto genommen hatten und gerade losgefahren waren, bat Vanya ihn:

„Bring mich in deine Wohnung, Jorge."

Jorges Alkoholspiegel war wieder gesunken, aber der Vorschlag war immer noch verlockend. Sie sprachen nicht im Auto, Vanya kam nicht in die Nähe von Jorge, sie warf sich einfach ihren Mantel über die Schultern, als sie ausstieg. Sie war noch genau so schweigsam, als sie, ohne jedweden Versuch seitens Jorge, sie zu berühren, die Wohnung betraten.

Sie gingen direkt in das einzige Schlafzimmer. Jorge legte sich auf das Bett und sah Vanya, mit den Händen unter dem Kopf verschränkt, an. Sie stand, ohne sich dem Bett zu nähern, und ließ ihren Mantel auf den Boden fallen. Jorge machte keine Bewegung. Vanya öffnete alle Knöpfe an ihrem hellblauen Kleid und zog es aus. Sie trug einen halbweißen Unterrock und ihr BH war ebenfalls weiß. Sie zog sich die Schuhe aus, ohne sich zu bücken, und löste sie mit Hilfe des anderen Fußes von den Füßen. Sie zog auch ihren Unterrock, ihren BH und ihr weißes Höschen aus. Jorge, ohne sich zu bewegen, konnte sie nackt, mit an ihrem Körper herunterhängenden Armen sehen.

„Gefalle ich dir, Jorge?", fragte Vanya, hob einen Arm und legte ihre Hand auf die gegenüberliegende Schulter, so dass er einen Teil ihrer kleinen Brust bedeckte.

Das Weiße ihres ganzen Körpers wie das ihrer Arme und

Beine war angenehm, sie hatte kleine Brüste, sehr rosa Brustwarzen, ihre Taille wurde von den Hüften auf subtile Weise hervorgehoben, ihr Nabel war klein und tief, ihr Bauch sehr flach. Die einzige Besonderheit war ihr Schamhaar. Dieses war blond, und Vanya verkürzte es, indem sie das Ende rasierte. Jorge antwortete nicht. Sie war beschämt oder tat so, als ob sie sich schämen würde, näherte sich dem Bett, setzte sich auf die Bettkante und küsste Jorge auf den Mund.

Es hatte alles an einem Samstag begonnen, aber der Sonntagmorgen begann bereits durch das Fenster zu schimmern. Jorge hatte sich nicht darum bemüht, den Vorhang zu schließen. Es war fast helllichter Tag, als Vanya von der Notwendigkeit sprach, zu gehen, und hinzufügte:

„Bleib ruhig im Bett, ich gehe allein."

In dieser Situation war es gut für ihn, unterwürfig zu sein. Er folgte Vanyas Anweisungen. Vom Bett aus konnte er noch einmal den nackten Körper bewundern. Er folgte jeder ihrer Bewegungen, während Vanya sich anzog. Er sah, wie sie ihren Mantel anzog und ihre Tasche holte. Wahrscheinlich sollte ihr Tonfall dramatisch klingen, als sie, ohne sich ihm zu nähern, sagte:

„Auf Wiedersehen, Jorge. Ich hoffe, wir sehen uns wieder. Ich weiß nie, warum ich diese Dinge tue. Das hier hat mir wirklich gut gefallen."

„Mir auch", sagte Jorge, ohne sich zu bewegen.

Vanya näherte sich ihm, bevor sie hinausging, und küsste ihn auf den Mund.

„Sag jetzt nichts mehr", sagte sie.

Als Jorge aufwachte, sah er automatisch die Uhr auf seinem Nachttisch. Es war nach Mittag. Vanya hatte kein Parfüm getragen, aber Jorges Bett und Körper hatten ihren Geruch behalten. Der Geruch ihres Körpers, der Geruch von Vanya. Er war angenehm, und es war schön, sich an ihre

Gesten und sogar an ihr unerklärliches Lachen zu erinnern. Allerdings war die Absicht, die Haare ihrer blonden Muschi zu rasieren, nicht angenehm. Wenn er sie jemals wieder sehen würde, sollte Jorge ihr dies sagen.

* * *

Zwei Abende später ging er zu Vanyas Wohnung. Als er an der Tür klingelte, antwortete ein Dienstmädchen durch die Gegensprechanlage. Jorge fragte, ob die Dame ihn empfangen könne und gab seinen Namen an. Kurz darauf antwortete Vanyas Stimme.

„Was für eine Überraschung! Komm rein, Jorge, komm rein."

Die Stimme klang auch durch die Gegensprechanlage albern. Vanyas Betonung könnte makellos sein, so makellos wie ihr Körper, wie ihr Gesicht, wie ihre Unterwürfigkeit, aber ihr Tonfall hörte nie auf, albern zu wirken.

„Die Wohnung befindet sich im vierten Stock, wie du weißt", sagte diese Stimme fast zeitgleich, als das Signal zum Öffnen der Tür erklang.

Vier Stockwerke. Jorge wusste es nicht, obwohl die Wohnungsnummer mit einer vier anfing und ihn das darauf hätte hinweisen können. Jorges unbewusstes Gedächtnis konnte sich an Lieder erinnern; sein bewusstes Gedächtnis war nicht zu so offensichtlichen Schlussfolgerungen fähig. Andererseits war ihm die Erinnerung an die Figur von Vanya im Bett und an ihre angemessene Stille beim Liebesakt sehr präsent. Dies, und nicht der Tonfall ihrer Stimme oder ihre Fragen, beherrschte dieses bewusste Gedächtnis, als er mit dem Aufzug hinauffuhr. Er versuchte nicht, sich vorzustellen, was Vanya tragen würde; er erinnerte sich an sie nackt. Sie war angekleidet, als sie die Tür der Wohnung öffnete, und ihre Überraschung musste echt gewesen sein: Vanya hatte einen männlichen Besucher. Jorge fragte sich nicht, ob jener bereits Vanyas Geliebter war; sein Benehmen als anstrebender Geliebter war offensichtlich, und Vanya wusste nicht, wie sie diese Anzeichen vermeiden könnte. Eifersucht war keine der Eigenschaften von Jorge, im Gegenteil, er fühlte sich von Vanyas engagierten Bemühungen angezogen, ihre Reize zu nutzen. So hatte er sie kennengelernt. Der Besucher war ein Theaterschauspieler: Óscar Losada. Er war groß, gutaussehend und keineswegs dumm, wie Jorge aus seinem Gespräch ableitete und damit die Art seiner Intentionen Vanya gegenüber bestätigte. Vanya schien jedoch Jorge zu bevorzugen und versuchte sehr offensichtlich, die Anwesenheit des Schauspielers als unpassenden Zufall zu betonen.

Vanya trank mit dem Schauspieler Tee. Sie bot Jorge ebenfalls das gleiche Getränk an. Die Wohnung war nicht groß. Sie war gut eingerichtet, und es gab einen Esstisch im gleichen Raum, der das Wohnzimmer ausmachte. Jorge fragte sich, wo Vanya in dieser Wohnung ihre drei Kinder unterbringen würde. Da das Gespräch sich in die Länge zog, beschloss Jorge, sie alle drei dazu zu bringen, das Haus zu verlassen und schlug vor, in ein nahegelegenes Restaurant mit Bar zu gehen. Vanya nahm den Vorschlag gerne an und verschwand für einen Moment, tauchte aber mit ihrem roten Mantel und einer bis dahin für Jorge unbekannten Tasche gleich wieder auf. Der Schauspieler und Jorge unterbrachen ihr schwieriges Gespräch, indem sie gleichzeitig aufstanden, sobald Vanya eintrat.

„Glücklicherweise schlafen die Kinder", sagte Vanya und wandte sich ausschließlich an Jorge, so als ob er jene kennen würde.

Jorge, obwohl immer argwöhnisch, verstand ihre Absicht und half ihr, ihren Mantel anzuziehen. Vanya, die diesen

Argwohn ignorierte, erklärte dem Schauspieler noch bevor sie hinausgingen:

„Du kannst es ja nicht wissen, aber ich habe drei Kinder."

Mit diesem Satz war für Jorge alles eindeutig geregelt, und das wusste sie, auch wenn Argwohn nicht ihre Stärke war. Der Schauspieler hatte ein Auto, in welchem sie in das Restaurant mit Bar fuhren. Dort tranken sie Gin Tonic anstelle von Tee, und da das Gespräch sich wieder in die Länge zog, aßen sie dort auch zu Abend. Als sie gingen, ließ Vanyas Bitte keine Zweifel mehr aufkommen.

„Bring uns zu Jorges Wohnung", sagte sie zu dem Schauspieler.

Wie auf der Hinfahrt zu dem Restaurant mit Bar, saßen die drei wieder vorne, aber jetzt war Jorges Sieg unbestreitbar. Vanya legte eine ihrer Hände in die seine, als sie zu seinem Haus fuhren, während der Schauspieler, als ein guter Schauspieler, sich seine Niederlage nicht anmerken ließ. Vanya wurde Jorges Geliebte.

* * *

Da Jorge immer sehr spät vorbeikam, gab Vanya ihm die Schlüssel zum Gebäude und ihrer Wohnung. Jorge wusste nun auch, wie die Wohnung aufgeteilt war: Die drei Kinder schliefen in den beiden Schlafzimmern und Vanya auf dem Sofa im Wohnzimmer. Auch kannte er bald die unregelmäßige Leistung des Wohnungsschlüssels: Aufgrund seiner Schwierigkeiten aufzuschließen, hörte Vanya das Geräusch des Schlüssels schon vorher. Sie roch immer, wenn sie Jorge küsste, nach irgendeinem Schlafmittel. Sie schlief in einem Nachthemd, wenn sie es schaffte zu schlafen, solange sie allein auf dem Sofa war. Auf diesem Sofa behielt sie ihr Nachthemd an, wenn sie Jorge empfing.

„Nimm mich mit, Jorge, bring mich in deine Wohnung."

Manchmal kam Jorge mit dem Auto, manchmal nicht. Vanya zog sich vor dem Hinausgehen an und hörte auch im Aufzug nicht auf, Jorge zu küssen. Bei diversen Gelegenheiten erstreckten sich diese Küsse bis in das Taxi, denn obwohl Jorge relativ nah bei ihrem Gebäude lebte, war das Begehren der beiden nicht dafür geschaffen, diese lange Strecke zu Fuß zurückzulegen. Jorges Begierde hatte mit seiner Entscheidung, Vanya zu besuchen, begonnen, nachdem er mit einem seiner Freunde, sehr oft vor allem mit Alfonso, getrunken hatte. Vanyas Begierde war vielleicht dauerhaft, aber sie wurde konkreter, sobald sie inmitten ihrer Schläfrigkeit, zu der sie die Schlaftabletten führten, Jorges Bemühungen, die Tür zu öffnen, hörte. Wenn sie mit dem Taxi fuhren, fing Jorge an, Vanya schon auf der Straße zu betatschen und tat dies dann weiter im Taxi, küsste sie viele Male auf ihre Brüste, und Vanya versuchte, den Fahrer nichts sehen zu lassen, dessen Blick sich kaum vom Rückspiegel abwandte. Beide machten sich etwas vor: Jorge, indem er so tat, als ob er die Blicke des Taxifahrers ignorieren würde; Vanya, indem sie so tat, als wäre sie bei ihren Versuchen erfolgreich, sich vor Jorge und dem Taxifahrer zu verstecken. Der Zweck der beiden war in seiner Verschiedenheit derselbe. Jorge testete Vanyas Unterwürfigkeit, Vanya wollte Jorge als Liebhaber behalten. Beide waren erfolgreich. Wenn Vanyas Unterwürfigkeit offen und klar gewesen wäre, wäre Jorge zufrieden gewesen und hätte seine Versuche, sie bewiesen zu bekommen, eingestellt. Indem sie die Unterwürfigkeit beibehielt, konnte Vanya Jorge als Liebhaber halten und steigerte sogar seine Begierde in den Momenten, in denen sie nur seine Geliebte war und wegen ihrer körperlichen Reize ihre Dummheit vergessen war. Aber dieser Weg führte zu nichts, solange er von beiden geheim gehalten wurde und nur die Begierde beider erhöhte - zwar nur körperlich, dachte

Jorge; körperlich und geistig, hatte Vanya entschieden. Sie rasierte ihre Schamhaare nicht mehr, und diese zeigten sich Jorge in all ihrer blonden Pracht. Beide wussten das, aber keiner von ihnen sprach es an.

Jorge kannte die Kinder von Vanya immer noch nicht. Das war aber in Ordnung. Doch Jorge tauchte an einem Samstagnachmittag auf, angetrieben von dem Wunsch nach einer reichhaltigen Mahlzeit mit zahlreichen Getränken und der Unfähigkeit, allein in seinem Haus zu bleiben. Er traf nicht die Kinder von Vanya an, er fand sich einem anderen Hindernis gegenüber: Vanya hatte einen Stoff über den Esstisch verteilt und schnitt mit Hilfe von Frau Caso, die Jorge als Alfonsos Freundin kannte, ein Kleid zu. Als er Vanya bei einer so unerwarteten Beschäftigung zusammen mit Frau Caso sah, von der Jorge nur ihre Qualitäten als Kupplerin und nicht die als Näherin kannte, wuchs Jorges Begierde. Die Wege der letzteren sind so unerwartet wie die des Denkens, oder so pervers, wie nur die absolute Freiheit des Denkens sein kann, mit dem Unterschied, dass der Gedanke als solcher gewahrt werden kann, das Begehren aber für Jorge in die Tat umgesetzt werden muss, so als ob jemand beschließen würde, laut zu kommunizieren oder seine Gedanken aufzuschreiben. Jorge beobachtete Vanya einen Moment, wie sie sich ihrer Aufgabe des Schneiderns widmete. Sie trug einen ärmellosen Pullover mit einem hellgelben Rollkragen und einen engen blauen Rock. Frau Caso konnte stellvertretend für jeden Taxifahrer sein, der das Paar auf dem Rücksitz seines Autos beobachtete. Jorge stellte sich hinter Vanya, seine Hände gingen unter ihren Pullover, öffneten ihren BH, und dieselben Hände streichelten anschließend ihre Brüste. Die Augen von Frau Caso waren so aufmerksam wie die eines jeden Taxifahrers. Vanya drehte sich um, küsste Jorge auf den Mund und nahm ihn an die Hand, um ihn in das Schlafzimmer zu führen, welches das ihrer Töchter sein musste.

Danach kamen sie unbeirrt wieder heraus. Frau Caso war noch da, und Vanya setzte ihre Arbeit beim Schneidern fort. Jorge zog sich kurz darauf zurück, nachdem er sie ihrer Arbeit überlassen hatte.

* * *

Jorge benutzte die Schlüssel zu Vanyas Gebäude am folgenden Samstagabend wieder. Diese Lösung war perfekt: Er konnte Vanya als Liebhaberin genießen und musste fast kein Gespräch mit ihr führen. Während er Vanyas Körper an seinem spürte, konnte Jorge sich nicht erklären, warum sie so sehr nach Schlaftabletten roch, wenn er sie aufsuchte. Nachdem Vanya sexuell befriedigt war und Jorge mit ihrer grenzenlosen Sinnlichkeit befriedigt hatte, fiel sie in einen tiefen Schlaf, so fest, dass sie nicht einmal wusste, wo sie war, als sie aufwachte, obwohl sie sofort den Körper von Jorge fand. Er schlussfolgerte, dass Vanya unter anderem diesen Körper benötigte, um seine Abwesenheit auf dem Sofa zu bemerken, von dem sie aufstehen musste, um sich um ihre Kinder zu kümmern. Vanya schien sich jedoch keine großen Sorgen um die Kinder zu machen. An einem anderen Samstag schließlich traf Jorge sie, als sie mit Vanya in ein Geschäft gingen, um, wie sie erklärte, Klamotten zu kaufen. Es waren drei stattliche Jungen und anscheinend an Vanyas Verhalten gewöhnt, die so besorgt um Dinge fern jeder Mutterschaft war. Sie waren auch nicht überrascht, als Vanya sie bat, ihre Klamotten alleine zu kaufen, und mit Jorge mitging. Beide verbrachten den ganzen Morgen in der Wohnung von Jorge und nahmen ein Bad, bevor sie zusammen zum Mittagessen gingen, da sich Jorge verpflichtet fühlte, Vanya einzuladen. Als er die Dusche aus Gewohnheit von heißem zu kaltem Wasser wechselte, gab sie einen kleinen Schrei des Schreckens von sich, ohne zu versuchen, aus der Dusche zu steigen, und bedeckte ihre Brüste mit ihren Händen.

„Ach Jorge, ach Jorge!" rief sie aus.

Sie stiegen aus der Dusche.

„Du wirst sehen, wie viel besser du dich fühlst", sagte Jorge.

Dann trocknete er sie langsam mit einem großen grauen Handtuch ab und nahm sie nackt mit ins Bett.

Die Geste, ihre Brüste mit den Händen zu bedecken, musste Vanyas instinktive Geste gewesen sein, angesichts eines unerwarteten Ereignisses, wenn sie nackt war. Sie wiederholte sie noch am selben Mittag, nachdem sie miteinander geschlafen hatten.

„Oh Jorge, schau, schau, sie können uns sehen, sie sehen uns!" sagte sie und bedeckte wieder ihre Brüste, nachdem sie vorher kurz auf das Gebäude gegenüber gezeigt hatte.

Tatsächlich waren die Vorhänge offen und man konnte zwei Männer sehen, die sie aufmerksam beobachteten und lachten.

„Keine Angst. Lass sie", antwortete Jorge und entdeckte im selben Moment den Anflug eines Wohlgefallens, wie er es schon bei dem Versuch, Vanya in den Taxis zur Schau zur stellen, empfunden hatte.

„Willst du, dass man uns sieht?" fragte Vanya und nahm sofort ihre Hände von ihren Brüsten weg.

Vanya war bereit, auch dem nachzugeben. Jorge fühlte eine gewisse Art von Gefallen bei dieser Bestätigung, und ohne den Vorhang zu schließen, setzte er Vanya nackt auf sich, während sie wieder miteinander schliefen. Sie akzeptierte alles so natürlich... Jorge schloss den Vorhang auch nicht, nachdem sie fertig waren, und Vanya blieb im Bett liegen und bot sich so nicht nur der Betrachtung von Jorge an.

In dem Restaurant, zu dem sie gingen, saßen an einem anderen Tisch zwei Paare, die Jorge kannte. Er stellte Vanya nicht vor, aber er bemerkte die Bewunderung sowohl der Frauen als auch der Männern angesichts ihrer Schönheit. Wenn sie nur wüssten, sobald sie mit Vanya sprechen würden. Aber so war das in Ordnung. Als die Bekannten von Jorge gingen, grüßten sie nur, ohne zu versuchen, sich dem Tisch zu nähern. Vanya dachte nicht einmal daran, Jorge zu fragen, warum er sie nicht vorgestellt hatte. Sie war, wie Jorge sehr bald sehen konnte, zufrieden damit, die „komischen" Angewohnheiten ihres Partners nur zu kennen.

Das nächste Mal, als sie bis zum Morgen in seiner Wohnung gewesen waren, akzeptierte Vanya, deren Bluse sehr dünn war, ohne Kommentar seinen Vorschlag, keinen BH zu tragen. Und sobald sie wieder zusammen kamen, sagte sie:

„Ach Jorge, ich bin zu Fuß nach Haus gegangen, viele haben bemerkt, dass ich keinen BH trug, und mir gefiel der Gedanke, dass ich es für dich tat und suchte nach ihren Blicken, aber ich habe mit niemandem gesprochen!"

„Mmhh", sagte Jorge und zog sie aus, so, als ob ihre Worte ihn erregen würden.

* * *

Vanyas Ziele für sich selbst waren jedoch andere, und nach ihrer Moral oder ihrer Weltanschauung waren alle Mittel, sie zu erreichen, legitim. Es ist eine alte Idee: Der Zweck heiligt die Mittel. Sie betrachtete ihre Qualitäten als Liebhaberin nicht als Zweck, sondern als Mittel. Zu diesen Eigenschaften kamen noch ihre Fähigkeiten als Hausfrau hinzu. Sie wusste, wie man schneidert und seine eigene Kleidung herstellt, sie wusste, wie man webt, sie wusste, wie man stickt, sie wusste, wie man kocht, sie wusste, wie man einen Haushalt führt, sie wusste sogar, wie man seine Kinder trotz der eigenen Aktivitäten als geschiedene Frau erzieht. Frau Caso erzählte Jorge dies eines Nachts in Alfonsos Haus und lachte verzückt über ihre böse und rücksichtslose Wertschätzung der Dinge.

„Vanya wartet auf deinen Heiratsantrag. Sie fragte mich, ob du zu Hause ein paar Kissen mit von ihr bestickten Inschriften und Zeichnungen haben möchtest. Als ich ihr meine Auffassung darüber sagte, fragte sie mich noch einmal, was dir wohl gefiele. Ich antwortete ihr ehrlich: Gut trinken, gut essen, mit deinen Freunden reden; und alles Weitere, meinte ich, sollte sie besser kennen als ich."

Alfonso lachte genauso wie Jorge. „Vanya heiraten!" Frau Caso lachte ebenfalls.

„Ach ihr! Entweder interessiert ihr euch nicht für Frauen oder ihr betrachtet sie als bloße Objekte. Auf jeden Fall seid ihr in jeder Hinsicht verdorben", sagte sie.

„Und was bist du?", fragte Alfonso.

„Ich bin im Ruhestand, und meine Gepflogenheiten sind meine Angelegenheit. Die muss ich euch nicht erzählen", sagte Frau Caso. „Erinnere dich: Ich bin Witwe, ich habe erwachsene Kinder, und mein einziges Laster ist wohl die Freundschaft mit euch".

„Die es dir erlaubt, überall dabei zu sein", schloss Alfonso.

Auf dem Plattenspieler ertönte Verdis La Traviata, die von den Laternen erleuchteten Eschen waren durch die Fenster zu sehen, das Gespräch war entsprechend intellektuell, Frau Caso trank nicht, und diese Enthaltung wurde von Alfonso und Jorge mehr als wettgemacht. Letzterer verließ das Haus sehr spät, ließ aber Frau Caso dort zurück, die immer länger blieb, um Alfonso Gesell-schaft zu leisten, dessen Angst vor der Einsamkeit und der

Nacht jeder kannte.

Jorge ging den kurzen Weg zuerst unter den Eschen und später unter den Palisanderbäumen hindurch. Die Anekdote über Vanyas Wunsch nach Heiraten hinderte ihn nicht daran, die Schlüssel zum Gebäude und zu ihrer Wohnung zu benutzen. Diesmal stellte er sich mit dem Wohnungsschlüssel noch ungeschickter an. Vanya stand bereits hinter der Tür und war diejenige, die sie öffnete. Sie war nackt. Sie zog sich an, als sie erfuhr, dass sie ein Taxi brauchten, um zu der Wohnung von Jorge zu gelangen. Sobald sie im Gebäude waren, zog sie sich mit Jorges Hilfe aus, und in dieser Nacht testete er Vanya erneut: Sie schliefen auf dem Mosaikboden im Hausflur miteinander, bevor sie die Wohnung betraten.

„Ach Jorge, der Boden ist kalt!" war der einzige Kommentar von Vanya, als Jorge sie auf den Boden legte.

Vanya setzte ihre Bemühungen weiter fort, ihre Qualitäten als Hausfrau zu beweisen, indem sie jeden Mittwoch eine ausgewählte Gruppe zu sich zum Essen einlud. Die Gruppe bestand aus Jorge und Raúl sowie Alfonso, Frau Caso und einigen anderen Gästen. Vanya zeigte Jorge das bronzene Pferd, das Raúl ihr als Geschenk aus New York mitgebracht hatte. Jener machte keinen Kommentar und lächelte nur, aber nicht zu Vanya, sondern zu Jorge. Das Essen war immer ausgezeichnet. Zu diesen Gelegenheiten benutzte Jorge seine Schlüssel nicht, um das Gebäude und Vanyas Wohnung zu betreten. Andererseits konnte er der Versuchung nicht widerstehen, mit beispiellosem Selbstvertrauen in die Küche zu gehen und das Essen direkt aus den Töpfen zu probieren, ohne den geringsten Widerstand von Seiten Vanyas oder des Dienstmädchens. Die Kinder waren nie dabei; niemand fragte jemals, wohin Vanya sie schickte; alle tranken, aßen, redeten und lachten reichlich. Diese „Mittwochnachmittage" in Vanyas Haus wurden legendär. Zu diesen kam mehrmals ein Geschichtsprofessor: Máximo Aguirre.

Alfonso meinte eines Nachts in seinem Haus zu Jorge:

„Don Máximo lobte Vanyas Schönheit, ihre Fähigkeit, Mahlzeiten zu organisieren und zu servieren, und er fragte mich schließlich, ob sie deine oder die Geliebte von Raúl sei. Ich sagte ihm, dass ich dachte, von beiden. ,Da macht sie was richtig', war die Antwort von Don Máximo. Aber er konnte sich nicht entschließen mich zu fragen, ob ihr das auch wüsstet."

* * *

Da er mit Vanya nirgendwohin in der Öffentlichkeit gehen konnte, ohne sich zu langweilen und sich in Grund und Boden zu schämen, und da er sie nicht mehr allein, sondern in ihrem Haus nur mit anderen Leuten sehen konnte, wurde Jorge schließlich ihrer überdrüssig. Vanyas Qualitäten als Liebhaberin und ihre Unterwürfigkeit waren vollkommen. Ihre Qualitäten als Hausfrau interessierten ihn nur, wenn sie andere einlud und er in die Küche gehen konnte, um das leckere Essen zu probieren, bevor jemand anderes bedient wurde. Vanya ging zu allen Ausstellungen, ins Theater, ins Ballett. Jorge nie. Er bat Vanya, sich immer gewagtere und transparentere Kleider zu machen, er bat Vanya, an keinem der Orte, zu denen sie ging, einen BH zu tragen und immer ihren Mantel auszuziehen, sobald sie eintrat. Und er kannte bereits ihre späteren Kommentare:

„Ach Jorge, alle haben mich angesehen!"

Vielleicht war das Schlimme daran, dass Jorge sie, als Raúl sie ihm vorstellte, nicht nur angesehen, sondern auch mit ihr geschlafen hatte. Seine Phantasie war sehr begrenzt, ungewöhnliche Taten zu erfinden und ohne jeglichen Protest von Vanya fast schon religiösen Gehorsam erwarten zu können. „Ach Jorge... Ach Jorge... Ach Jorge... Ach Jorge...!" Sogar die Antworten auf seine ermutigenden Perversitäten waren vorhersehbar. Jorge traf ein hellhäutiges Mädchen mit langen, schwarzen Haaren aus Sinaloa. Mit viel Mühe gelang es ihm, sie eines Nachts in seine Wohnung zu bringen. Ihr unabhängiger Charakter war viel befriedigender. Sie bewies ihre Entschlossenheit, indem sie zu Jorge sagte:

„Du riechst, als hättest du mit jemandem geschlafen."

Jorge musste es zugeben. Er hatte Vanya an diesem Nachmittag gesehen und sie in seinem Auto nackt ausgezogen, wobei sie sich zu seinem Ärger jedes Mal mit ihrem Mantel bedeckte, wenn er einen Bus passierte. Er nahm sie mit in seine Wohnung, wonach Vanya ohne BH allein zum Ballett ging. Nichts davon erzählte Jorge dem Mädchen; er gestand nur, eine ehemalige Geliebte mit in seine Wohnung gebracht zu haben. Das Mädchen verbot ihm, es noch einmal zu tun, und Jorge gehorchte unterwürfig. Begleitet von diesem Mädchen und ohne ihr zu sagen, wer sie war, sah er Vanya auf vielen Partys, immer mit einem neuen Partner. Anscheinend beharrte Vanya auf ihrer Absicht zu heiraten. Jorge traf sie einen Samstagnachmittag wieder allein, nachdem sie Alfonsos Wohnung verlassen hatte. So wie es aussah, war Vanyas letzter Geliebter anscheinend Fotograf.

„Dir kann ich sie zeigen, Jorge, die Fotos, die er von mir gemacht hat, dir kann ich sie zeigen", sagte Vanya.

Sie zog aus einem gelben Umschlag einige vergrößerte Fotos von sich, auf denen sie stets nackt war. Jorge ging sie durch und heuchelte Aufmerksamkeit. Vanya schenkte ihm drei. Zwei von vorne, eines, auf dem sie auf dem ganzen Bett ausgestreckt lag und eins, auf dem sie halb an die Wand angelehnt war. Auf dem ersten waren ihre Arme unter ihrem Kopf verschränkt, auf dem zweiten hingen ihre

Arme am Körper herab; auf dem dritten lagen ihr Kopf und ihre ausgestreckten Arme auf dem Bett, ihr Körper hingegen lag auf dem Boden. Vanya hatte ihre Schamhaare immer noch nicht rasiert. Ohne einen bestimmten Grund legte Jorge die Fotos in eine der Schubladen seiner Kommode. Also bewahrte er einige letzte Bilder von Vanya auf.

ÜBER DEN AUTOR

Juan García Ponce (1932–2003) ist ohne Zweifel einer der herausragendsten modernen Schriftsteller Lateinamerikas. Geboren in Yucatan, Mexiko, und aufgewachsen in Mexiko-Stadt, umfasst sein Lebenswerk Kurzerzählungen, Romane, Theaterstücke, Übersetzungen und Drehbücher und ist eines der größten und vielfältigsten in der mexikanischen Literatur. In seiner künstlerischen Arbeit beschäftigt er sich vornehmlich mit der Kluft zwischen Identität, Liebe, Einsamkeit, Wahnsinn, Erotik und Kunst. Als Intellektueller gehört er zu der so genannten *Generación de la Casa del Lago*, einer Gruppe von Schriftstellern, zu denen auch Salvador Elizondo, Inés Arredondo, Sergio Pitol und andere große Schriftsteller und Literaturkritiker zählen.

In seinen insgesamt 21 Kurzerzählungen (span. *cuentos*), von denen drei weitere in diesem Buch vorgestellt werden (die ersten drei sind bereits in *Kurzerzählungen I: Der Kater - Nymphette - Rätsel* erschienen), bedient sich García Ponce unter anderem dem für ihn experimentellen Thema der Erotik als Auflehnung gegen das Normale. Er schreibt seine Kurzerzählungen in der Regel volkstümlich, ohne zu sehr in die Folklore abzugleiten. Obwohl vielfach die Erotik als das herausragende Merkmal seiner Kurzerzählungen gilt, lenkt diese Sichtweise sehr von dem eigentlichen historischen Wert dieses Autors für die mexikanische Literatur ab, der folgende Generationen auf unterschiedliche Weise nachhaltig geprägt hat. Die vielen Auszeichnungen, die er im Laufe seines Schaffens erhielt, zeugen von der großen Anerkennung, die er auch heute noch in ganz Lateinamerika genießt.

Mathias Sasse

BISHER IN DIESER REIHE ERSCHIENEN:

JUAN GARCÍA PONCE

KURZERZÄHLUNGEN I

Der Kater – Nymphette – Rätsel

Aus dem mexikanischen Spanisch von Mathias Sasse

1. Auflage
Copyright © 2017 Juan García Ponce
Rechte an der Übersetzung: © 2017 Mathias Sasse
www.matze-msh.eu
Coverbild: *Trio en blanco* © Sergio Astorga
Druck: CreateSpace, ein Unternehmen von Amazon.com
Printed in Germany
ISBN: 978-3-9819141-1-5